人文阅读与收藏·良友文学丛书

舒乙题

原丛书主编：赵家璧

特邀顾问：舒　乙　赵修慧　赵修义　赵修礼　于润琦

出 品 人：马连弟
监　　制：李晓琤
执　　行：张娟平
统　　筹：吴　晞　姚　兰
装帧设计：赵泽阳

特别鸣谢（按姓氏笔画排列）：
韦　韬　叶永和　李小林　沈龙朱　陈小滢　杨子耘
张　章　周　雯　周吉仲　舒　乙　蒋祖林　施　莲
姚　昕　俞昌实　钟　蕻　郑延顺　赵修慧
以及在版权联系过程中尚未联系到的作者或家属

特别鸣谢：
上海鲁迅纪念馆
北京鲁迅博物馆
北京大学中国语言文学系
复旦大学中国语言文学系
中国作家协会权益保障委员会

人文阅读与收藏·良友文学丛书

残碑

沈起予 著

中国国际广播出版社

良友版《残碑》精装本护封

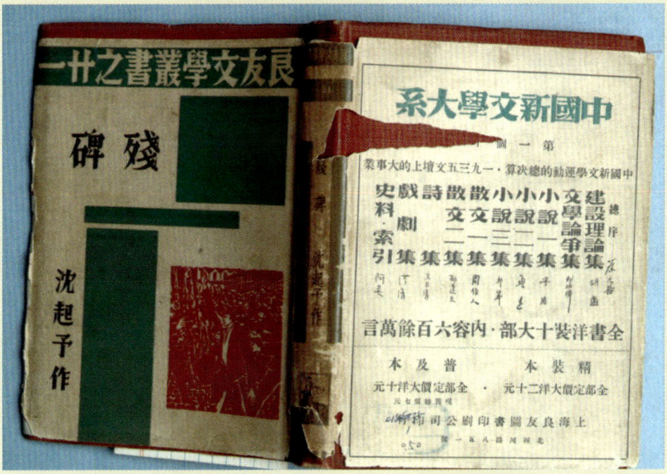
良友文學叢書之廿一
殘碑
沈起予作
中國新文學大系
中國新文學運動的總決算·一九三五文壇上的大事業
建設理論集
文學論爭集
小說一集
小說二集
小說三集
散文一集
散文二集
詩集
戲劇集
史料·索引
全書洋裝十大部·內容六百餘萬言
精裝本
全部定價大洋二十元
普及本
全部定價大洋十元
上海良友圖書印刷公司

良友版《残碑》平装本封面

良友版《残碑》编号页

良友版《残碑》扉页

良友版《残碑》内文

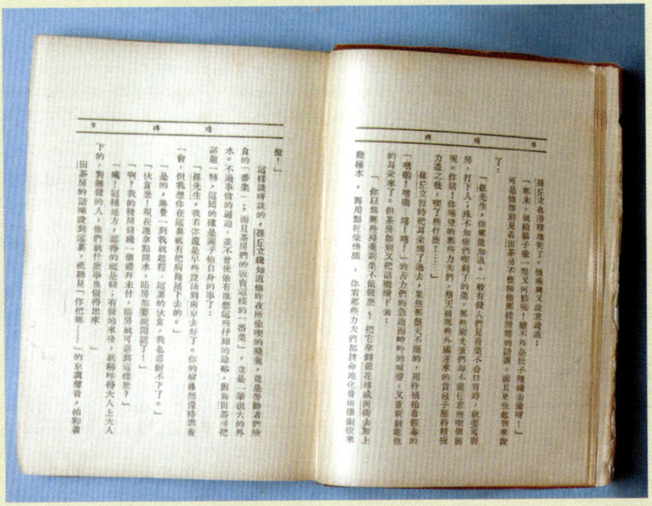

《良友文学丛书》新版出版说明

20 世纪三四十年代，著名编辑赵家璧在上海良友图书公司老板伍联德的支持下，历经十余年，陆续出版《良友文学丛书》，计四十余种。其中 39 种在上海出版，各书循序编号，后出几种则无。该套丛书以收入当时左翼及进步作家的作品为主，也选入其他各派作家作品。其中小说居多，兼及散文和文艺论著；第一号是鲁迅的译作《竖琴》。丛书一律软布面精装（亦有平装普及本），外加彩印封套，书页选用米色道林纸，售价均为大洋九角。

《良友文学丛书》选目精良，在现在看来，皆为名家名作；布面精装的装帧更是被许多爱书人誉为“有型有款”。不可否认，在装帧设计日益进步的当下，这套出版于 20 世纪三四十年代的丛书外形已难称书中翘楚，但因岁月洗汰，人为毁弃，这套曾在出版史上一度“金碧辉煌”过的丛书首版已然成为新文学极其珍贵的稀见“善本”。

在《良友文学丛书》首版80周年之际，为满足现代普通读者和图书馆对《良友文学丛书》阅读与收藏的需求，我们依据《良友文学丛书》旧版进行再版（四种特大本不在其列）。本着尊重旧版原貌的原则，仅对旧版中失校之处予以订正。新版《良友文学丛书》采用简体横排的形式，以旧版书影做插图，装帧力求保持旧版风格，又满足当下读者的审美趣味。希望这一出版活动对缅怀中国出版前辈们的历史功绩和传承中国文化有所裨益，也希望广大读者多提宝贵意见和建议，以便我们把日后的工作做得更好。

《良友文学丛书》新版校订说明

一、本丛书收录原良友图书公司编辑赵家璧编《良友文学丛书》共四十六种（四种特大本不在其列），乃为目前发现且确系良友版之全部。

二、此番印行各书，均选择《良友文学丛书》旧版作为底本，编辑内容等一律保持原貌，未予改窜删削。

三、所做校订工作，限于以下各项：

（1）将繁体字改为简体字；

（2）原作注释完全保留；

（3）尽量搜求多种印本等资料进行校勘，并对显系排印失校者在编辑中酌予订正；

（4）前后字词用法不一致处，一般不做统一纠正；

（5）给正文中提到的书籍和文章标上书名号，原作书名写法不规范、不便添加符号者，容有空缺；

（6）书名号以外其他标点符号用法，多依从作者习惯，除个别明显排印有误者外均未予改动。

一

一九二×年——汉口。

前花楼的凤台旅馆正被浓密的夜霭包围着。已是午夜过了两点，但客厅上的牌局还不曾散，各间客房内的鸦片声也嗤~嗤~的正响得起劲。

旅馆的一间狭隘房中，栈着一个初由农村逃出的大病后的青年。每在夜间很早，茶房便来把门外的电门给他关上，使他只无聊赖地躺在黑暗中辗转，让一切的嘈声在耳膜上打闹。

这一晚上，他也听过了窗洞外的往来的步脚声，小贩敲打的铜锣或竹梆声，也听过了街声渐次稀薄后的那位老乞丐从胸肺的深处所涌出来的似哭泣又似歌唱的乞讨声。

然而，这些早已听熟了的声音，并麻木不了那咯咯作响的空腹，他最后等待着的，还是那客厅上的“拍”

“拍”的麻将声早完。……

“唵，可惜可惜！”突的，牌桌上有一个人说。

“要是张翁的红中迟打一手呀！”

“那末，这回要归对面和了。”

又是两个人这样附和。

继续是一些银钱声和一些呵欠声响应在客厅上。孙丘立（这位农村来的青年的姓名）知道是牌已经打完，胸前的脉膊，便不知不觉地加紧跳了几下。他急忙翻身起来，但已经虚弱到了极点的身体，经这样一动，眼内不觉现了几个火圈；于是他急忙把眼帘紧闭着。但这时隔壁的房间又熏来几股鸦片的气味，使他口腔内跟着涌出了几股涎液，几乎昏晕过去。

过了一晌，他便轻轻地蹑足到客厅来；麻将棹已经收好，只有一个茶房呼呼地睡在角落上。他高兴这回不致有人来打扰他的动作了，但一回首过去，他瞥见着另一个茶房还坐在茶棹傍边打盹。他急忙想偷过这重难关，但事情偏不凑巧，壁上的时钟，这时忽然铛铛地继续打了三下，坐着的茶房醒过来了。他仔细看去，幸好这是素来忠厚而对他很好的田焕章，所以他虽在窘迫中，却能比较安心地说：

“田司夫，毛房的电灯关了没有？”

“已经打了三点钟了，那有还不关的，你去打开好了。”

茶房说了过后，打了个欠呻，即把头倚到棹上去睡了。

孙丘立走出了客厅，暂时顺着往侧所的路走去，但待把门壁上的电灯扭开后，他却举起后踵轻轻地后退转来了。

正是三月的夜阴。外面的冷风，还一阵一阵的向屋内吹送，使孙丘立的病后的身躯，打了无数个寒噤。他转到走廊的半途，即逃也似的，从侧门内溜去，再过一个天井，即走到厨房里去了。屋内泛着一股食物气味，这气味通过他的嗅觉而侵到肠胃时，他只觉得舌下的涎液一股股地奔涌，心胸不由得不益加慌乱地跳动起。于是他很熟习地走近了厨案旁边，伸手去摸着了一个瓦器的大钵。这钵子虽然与昨晚的位置无变更，但上面却多盖了一块木板。孙丘立战兢兢地把这个木板揭下，两个指头便本能地往钵内伸下去了。待他接连把钵内的残菜捻起来嚼了几口，他才觉得耳鼓上盖着的薄膜一松，头脑就比较清晰了些。于是他又走到厨案的另一傍，这里是砖石砌成的一个大灶；灶上的煤火，虽然已用湿泥封去，但泥口中间，尚留有一个小小的空隙。这样他便急忙转来又在钵内择了几块较大的肉脔，拿到炉灶的泥口上烘热过后，再行食去，他觉得这带着微温的油脂，更是芳香得多了。

得着了物质营养的孙丘立的身体，这才稍微平静，两只腿已没有从前那样抖战得厉害了。可是得着了物质的补充的脑经，这时却忽地恢复了思考作用；他一想起自己是在偷食有钱人唾弃下来的残羹时，一种恐被人发现的恐惧，便又使他不得不把那“生的要求”暂时抑压下去，而即刻轻手轻脚地转到自己的房间来了。

二

凤台旅馆的隔壁，是一家海产货物的堆栈，孙丘立的一间狭窄的房间，特别地紧接着这堆栈的门口。所以他转到房间后还不曾睡上几时，便又被堆栈前的一阵杠担声，落货声，以及一些与重荷挣扎的从胸肺中迸出来的嘶叫声，与劳动者所特有的互相咒骂的粗暴声所惊醒了。

一时茶房提了一壶开水进来，即向他说：

“孙先生，你家昨晚起夜的时候，在厨房那面，见着有猫子的形迹没有呀？”

突被这样一问，孙丘立便觉得脸上有些发红；但他还不曾回答时，田焕章又继续说道：

“不知是那家的猫子，真厉害；从前两晚起就来偷我们的‘番菜’吃，昨晚连我们特别盖上的木板也都弄翻了。伙计们以为是在夜里有人起来偷去私卖，现在都在那边闹。但是昨晚是我守夜，那里有人起来偷呢！”

孙丘立不知这话是在为他辩护，抑是由于真的不知道；可是他的发跳的胸窝，却随着这一段话而暂时安定下去了。于是他带着无事的口吻说：

“猫子我倒不曾见过；不过我知道你们开的饭，都是客人们吃剩了的东西，还有什么番菜给猫子偷呢？”

“是的呢，你家。但是你不见我们吃了过后，再剩得有鱼刺，肉骨头，油煎菜等时，我们都要拿来合并在一起的么？就是因为要这样一碗一碗的翻并起来的原故，所以伙计们都叫它‘番菜’。据说别的地方还有称它为‘龙虎斗’的呢。”

孙丘立也滑稽地笑了。他乘兴又故意说道：

“那末，就给猫子偷一点又何妨呢！总不外是肚子饿才去偷呀！”

可是他即刻见着田茶房不惟无他那样滑稽的语调，而且更板起劲来说了：

“孙先生，你那能知道。一般有钱人们见着菜不合口胃时，就要骂厨房，打下人；殊不知他们吃剩了的菜，那些穷光蛋们却不能任意地吃个饱呢。你猜！你隔壁的那些力夫们，整天被那些外国运来的货包子压得精疲力尽之后，吃了些什么！……”

孙丘立暂时把耳朵侧了过去，果然那整天不断的，用杵杠拍着节奏的“嗐哟！嗐哟！嗐！嗐！”的苦力们的急迫而呻吟的喊声，又重新鼓进他的耳朵来了。但茶房即刻又把话继续下去：

"你以为那些残羹剩菜不值钱么？把它拿到前花楼或河街去加上几桶水，再用点干柴烧涨，你看那些力夫们都拼命地化费两个铜板来抢！"

这样谈呀谈的，孙丘立才知道他昨夜所偷吃的残羹，竟是劳动者们所贪的"番菜"；而且茶房们的贩卖这样的"番菜"，竟是一笔很大的外水。不过事情的逼迫，并不曾使他有推想这些仔细的余裕，因为田茶房把话题一转，这回的确是关乎他自身的事了：

"孙先生，我看你还是早些设法到南京去好了。你的病虽然还待调养一会，但我想你在这里只有把病拖延下去的。"

"是的，路费一到我就起程，这里的伙食，我也忍耐不下了。"

"伙食么！现在连拿点开水，账房都要说闲话了！"

"啊？我的栈房钱才一个礼拜未付，账房就可恶到这样么？"

"唵！这种地方，认得的只是钱；有钱的来栈，就称呼得大人上大人下的，对无钱的人，他们就什么事也做得出来——"

田茶房的话刚说到这里，只听见"你把那~~~~~"的京调声音，拍和着一双拖鞋的踏响，另一个茶房弹着指头，摇摆地走进来了。半新旧的棉袍，斜挂在肩上，都市流痞的特征，十足地表现在脸上。这人名叫王金华。

王金华虽然是在这旅馆中当茶房，但他却有不明不白的一手，使旅馆的账房也不敢得罪他——与其说是不敢得罪，宁说还要利用他。譬如旅馆中栈下了缺少事故的学生，或初次出门的旅客之类的人，偶一粗心时他便会使你的银钱或重要行李损失一点数目，但如有阔绰而势大的客人们偶然失掉了什么东西时，他却也有即刻去清察回来的本事。譬如与孙丘立一同来这里的朱大人，有一次从娼妓桂红的房中转来见着自己的手提皮包失了踪时，他即去追问账房，账房便即刻去托附王金华，王金华于三小时内便去把替他捉拿回来了。他为何有这样的路数，一般人都不知道；大家对他的这种本领的怀疑，往往被他是什么“帮”的小首领一句话解释了。

“喂，是你在这里么；昨晚上好不快活呀！她妈的，还是个初出茅庐的家伙！哈哈哈……”

王金华走进这窄小的房中，一见着田焕章也在这里，便放着粗糙的喉音这样连说带笑起来。

“从来独安里的窑子我没有遇过一个好的；你看那龟蛋们满脸的胭脂，满身的绸缎，但只要你上床去把她的上下衣服一脱，她妈的，才不是脚下的疳疮，就是腰间的梅毒——一身都是烂肉！唵，老田，昨晚那只乡下猫真舒服，年纪又小，肉又好，又——"

"哟，你开心了！"

田焕章勉强这样回答了一句，即把开水壶提在手上，在床上的孙丘立，也一面注视着王金华的做丑角似的姿式，一面好奇地听着。喜不可忍的王金华又继续比起手势来说了：

"妈的，我见她还有些害羞，我才晓得她的生意做得不久；我偶然问起她的来历，她才说她的老子要抽大烟，五十块钱就把她卖进城来了。我见着她七呀八的说得要哭了，便即刻止住了她的口，妈的，莫花了钱买个不开心！"

本来这一段话，照例是不会向田焕章讲的，因为旅馆内还有好嫖野鸡的茶房，才是王金华谈话的对手。但今天他一从独安里转来时，即凑巧遇着账房吩咐了他一件事，他就毫不迟延地——他对于这些事从来不曾迟延过——一直走进了孙丘立的房间，田焕章即成了不得不听他这一段开心话的人了。

可是王金华虽然爽快地说了一大堆，却只见田焕章老是回答得不起劲；这没趣的感觉，才使他想起账房吩咐他的事情来；于是他的眼睛突然变成了阴险，一回头过来便揶揄地向着孙丘立说：

"喂，孙先生~~~~~~钱还不来么？账房看朱大人的面下，才承认等你家中的钱来，现在已经过了一个礼拜了，怎样呢？”

事情虽然不过是催账而已，但这样的口调，却颇有些令人难过；于是孙丘立只得穷窘地回答道：

“我想，过几天总可以来的。”

“你要晓得，朱大人昨晚到账房去打过招呼；说他不能再担保你的旅馆钱了。账房老板要你一两天内设法，不然就请你把被窝留下，另外高升。”

王金华吩咐式地说了过后即出去了，似乎颇有不愿与这样穷极无聊的人多谈的样子。继续田焕章亦出去了，房中仍然只剩下孙丘立躺在床上，以病后的身躯，抱着愁愤的心情。壁后的街头，仍然涌着苦力们运货的喊声，和用着杵杠击地的律响……

孙丘立的脑海正幻闪着旅馆的账房就要来抢夺他的被窝，驱逐他到露天去的凶恶的景象，一下他果然听见门外有脚步声逼近了；神经已变敏感了的他，心脏马上加紧地跳动起来。但待门开后，他才又放下了心，进来的仍然是田焕章。

“孙先生你家不要作急，过了两天之后再看罢。我们这里的伙计都是些穷人，但也只会专门欺侮穷人——”

田茶房一面打扫房间，一面这样说。正在窘迫和愤恨中的孙丘立，忽然得了这样的安慰，几乎使他感激得下泪；而且他想着这样的茶房，或者是所谓江湖上的侠义者了。于是他愤愤地急抢着田焕章的话说：

“王金华也不过是帮旅馆的人，为什么刚才竟装得那样的讨厌呢？”

“你那会晓得；他虽是在当茶房，他的不三不四的朋友却多得很。那一‘帮’人穷虽是穷，但却是不仇恨有钱人的。他们要用要穿的时候，只知道偷扒骗取，上他们的当的，反是无钱的人居多。”

田焕章整理好了房间后便又出去了。望着快要到了正午，旅馆中许多庄客，商人，闲暇者，消费者们，都渐渐地从鸦片的昏醉或麻将的疲劳中回醒过来，起来不断地打着呵欠，吐着一口一口的浓痰，等待着开饭。

孙丘立知道他的一碟咸菜，一碗豆芽汤及冷饭之类的饮食，必定要待其余的客人都吃完过后，才会摆在他面前来，所以他只好仍然躺在床上，脑内交替地印着田焕章及王金华的两个不同的姿影。他一想起前一个时，他觉得自己虽是在乌暗的黑焰中，却有一道毅然的红光点耀着，一忆及后一个时，便觉得四周又是迷瘴密阖起来了。不过即在这样的幻想中，那牢牢地抓住他的心的，还是“你要晓得，朱大人昨晚到账房去打过招呼，说他不能再担保你的旅馆钱了。账房老板要你一两天内设法，不然就请你把被窝留下，另外高升”的凶狠狠的一段话。

三

这是一月以前的事。

四川有一个县立中学，正值新学期开始。孙丘立也从乡下怀着四十元的宿膳费走进城来。可是一进了城后，他并不进学校去缴费入校，却打听确实了河下汽船的拔锚时刻，便马上把行李搬上船去了。

这时县城的学生，还受着五四运动的余潮，大家都憧憬着向外求学；有钱的到了外国，但大多数还是趋向北京，上海，南京一带。学生的这种渤渤向外的空气，虽然孙丘立也感染了一些，但是一个小农的儿子的他，这回却是另外有一个直接的动机。当他在这次的春假回家时，父亲便对他说：

"丘立，像我们这样人家，本来是读不起书的；都是因为你的叔叔相劝，才设法拿你去读；你已经中学都读了一年，还生不出效用来，就还是不再读的好吧。"

生来只会揉泥巴的丘立的父亲，也深知道种田的辛苦；所以他平常总想使儿子这一辈要吃个饱，穿个暖。可是他见着手上所打的一百两会银已完，而儿子还没有人来请，便使他有些作急了。孙丘立知道父亲是不懂得作事要毕业文凭的，他很想详细地为父亲解释一下，但父亲的唠叨又开始了：

“我想是空的；起初我以为不拿你读几个字，你的叔叔将来做了大事，就想用你你也够不上；现在他游了洋学转来，却远远地住在南京，也不会写信来说要你去做事。我看那一类人穿那一类衣，你还是回来一同揉泥巴的好吧。”

“叔父就不管我，只要毕了业我自己也可找事做的。”

孙丘立终于这样的争持了一句，可是父亲只是摆头：

“唵！家里哪有几多钱来供你用呢；会银早已用完，现在还要一会一会地上出去；粮饷又大：连民国二十几年的粮都豫征了去，还有什么团防税，临时捐。你想几颗谷子够哪一桩！”

丘立说一句，父亲便是一长篇。而一说到家中的穷困时，丘立便无法对付了。可是几年来的学校生活，不特使他已不甘永远屈伏在这破产的农村，而且外来的新空气的燻淘，又早已暗暗地在心田上种了叛逆的根苗。

于是从前在报纸杂志上所读的“青年逃婚”，“青年反叛家庭”等等的记载，现在便成了他的应用的好资料，而“挺而走险”的计划，便也在这时决定了。这计划是：执拗地要求再读一学期的书；能把一学期的宿膳费从父亲处诈取得来，偷跑的路费便有着落了；偷跑的目的地是南京，因为他知道那远房的叔父是在一个大学内当教授，他想这样的新人物一定是乐于提拔他的。

路过县城的汽船，仅在河中停两个钟头。孙丘立上船时，统舱的铺位已经被人占满了。所以他不得不到账房去打一张房舱票。他把床位占好后，即暂时到甲板上去沉默地凭着栏杆往河中凝望。他想着这次的行动既增加了家中的无限的耽忧，眼前摆着一条初登的道路，又不知究有什么荆棘与否。这两个暗影簇在他的心头，使他感觉了一些漠然的不安。但一回想蛰居乡村的无出路，便又仍然克服了这种不安的心情而决意勇迈地前进。

孙丘立回到舱位时，房内已经又来了一个面青骨瘦的客人；一个着军服的小兵，正在垂头低耳的整理床铺和安置行李。这一见便知是一个军事机关的办事人和一个勤务兵。这位客人见着孙丘立时，即将他横身打量了一眼，但初次出门的他，只好谨慎不作声的到自己的铺上去躺下了。

不久勤务兵即下船去了。剩下的客人虽在收检自己的零碎物件，但孙丘立仍觉得他在不断地打量自己，而且终于先开口与自己谈问起来了：

“你是到哪里?”

“汉口。”

“贵干嘞?”

“打算出去住学校。”

“汉口是很熟的吗?”

“不熟，初次去。”

客人这样简单地问谈了几句，即从皮包内取出手掌大的名片来递与孙丘立。孙丘立接过来一看，上面是“四川靖国联军第×师师部驻汉采办委员朱武盛”的官衔。

“那末，朱先生也是到汉口的吗?”

“自然是的；因为公事的关系，差不多一年三百六十天都是住在汉口。”

一问一答，结果说到了他们一同到汉口，朱武盛并约丘立在汉口不必另外找栈房，即暂时住在他那里，然后找船到南京；人生路不熟的丘立，自然乐于承认了。

一时朱武盛从他的一个大网篮内的杂物中，取出了两个包裹，一面又把皮箱提到身边，豫备从腰包内取钥匙来开。但他在包内摸索一阵，仿佛竟寻不着；待踌躇了一刻后，他即把两个包裹拿来向着孙丘立说：

“我的钥匙仿佛是勤务兵忘了交与我一样，这两件东西与我代为收检一下，好么?”

孙丘立的一口竹扁箱中，除了几件换洗的衣服和几本旧书而外，什么也不曾装着，所以他马上即把两个包裹塞到箱内去了。一心只想得一个熟路人的提携的丘立，自然看不出这是两大包烟土，至对于朱武盛想利用他是学生来偷过检查的诡计，他更是无从知道了。

船快到了开头的时候，复有一位穿西装的中年人带着行李进来；他很昂扬地先把朱武盛的脸谱打量了一下，然后把视线移到孙丘立的身上，终于把房内的最后一个铺位占领了。他们问谈了过后，知道这人是一家洋行内的买办，也是因公务要到汉口去的。这样，一间舱内装着一个军阀的爪牙，一个买办阶级，一个从破产的农村逃出来的学生出发了。

可是船刚走不远，这一舱内的三个人的谈话，显然有些不投机：买办听不来朱武盛的“师长上师长下”的口吻，而且最讨厌那一口一口的浓痰和那套秽黑的牙板。朱武盛也有些看不惯买办的“假洋人”的神气，胸脯总是直挺挺的，而且爱把一只手插在裤袋里。孙丘立则很少参加谈话。这时他算是一个傍观者。

“浮图关那一仗，全靠我们师长花钱买敢死队，不然全城的百姓又要遭殃不浅啦!”

谈了谈的，朱武盛又说到师长，而且显然有些夸耀。可是买办却不肯甘拜下风，他冷笑一声，也说出了他的权势来：

“打进来也不与我们相干，我们到处都有 Foreigners 保护的。”

不久朱武盛忽然联续不断地打了几个呵欠，眼泪鼻涕一齐交流起来；他急忙取出烟盘来打开，使劲地吐了一口痰在地下，便像狗一样弯到狭小的舱铺上去了。

“嘿，我进来时就猜你一定抽大烟；吃烟人总是那样脸青面黑的。”

朱武盛又有些不高兴这样的说法，可是买办又面对着丘立把话继续下去了：

“吃烟人顶不好：办事一点趋赶性也没有，总是你忙他不忙。”

丘立笑了笑，不置可否。但朱武盛却不能再忍了；他一手拿着铁针子，一手擒住“打石”，说：

“那呀！就是大总统也禁止不了我的抽烟！”

接着便是铁针尖上的黑膏在打石上滚个不休，一个烟泡子很快就成功了。以后他抱着烟枪吸了一个气醒，才闭着眼睛慢慢地吐了一网白雾出来，弥漫了满屋。朱武盛这样接续吞吐了几枪过后，仿佛鸦片的毒剂才浸透了他的全身，以后便闭起眼睛，像死尸似的躺着不动了。

这种佯死的状态，一直遇着茶房的扣门声音响来，才被打破了。进来的茶房，脸上浮着谄笑，说：

“朱大人在安神哪！”

“啊啊；都收检好了么?”

“是的。都检到底舱去放好了。”

“你想这一回怎样呢?”

“不要紧！宜昌查关的是打好了招呼的，汉口是晚上两点钟到，恐怕也不会有人来检查。”

茶房报告完后即退出去了。这样暗号似的会话，孙丘立不明白是什么，但买办却一听就领会了：这是在贩运朱武盛刚才的吞吐的东西，而且朱武盛的“驻汉采办委员”的职务，他也明白了大半。

“这回的货很多吗?”

茶房出去后，买办的脸上泛着微笑，很内行地这样问，但他的口气，不知怎的已经与从前是两样了。而朱武盛据江湖上的经验，亦知道这是与事无碍，所以也便直言不讳地说：

“这一批不算多，不过都是公家的货。”

“大概师长方面还要添购枪支的吗?”这回买办也说“师长”了。

“自然；这一次手枪几乎损失了一大半，所以许多都要补充的。”

“这回打算向哪一方接洽呢？”

“从来都是买的东洋货；不过，他妈的，东洋手枪太不经打，依师长的意思，这次想买些德国制的。”

“手枪的市价是如何呀？”

“东洋手枪大概是七十块钱一支，不过德国货听说要在一百五十块左右。”

“啊；那何不如买美国货；价钱还不及德国货贵呀！”

“大概每支要多少呢？”

朱武盛知道了这买办也是内行；一面又想起师长的吩咐，是要他出来探询那一种枪顶合算，所以他急翻身起来与买办面对面地坐着，更热心地这样谈问起来了。

“一百块钱上下就可以啦。如果怎样的话，我还可以介绍的。”

这时买办兜罗生意的真面目亦完全显露出来了。

“啊，那好极了。你认识的是哪一家？”

“就是敝行！敝行也是作大批买卖的；有时真不知是在作洋油生意呢，还是在作军火生意！”

“啊，那更好了。但是介绍一次，可以得几多回扣呢？”

“那要看生意的大小回话。朱先生这次大概有多大的数目呢？”

朱武盛迟疑了一会，终于暧昧地回答：

“那要看师长这次的货的卖价如何。不过千把支是不成问题的。但是红利的分配是怎样呢?”

“那当然是要照规矩的。不过详细的情形，要到汉口见过大买办后才能决定，因为要他才能直接与外国人接头。”

朱武盛与买办的这笔生意，结果是到了汉口再谈。但是现在他们已经加速度地成为情投意合了：朱武盛打开烟盘子时，买办已不说吃烟人是如何如何的唾弃话，朱武盛自然也不向着买办夸口自己的权势了。总之这一舱内的军阀与买办成了一伙，而孙丘立则成了另外一个存在。

这船果然无事地过了宜昌，又于一个深夜的两点钟时到了汉口；朱武盛与买办分手，便和孙丘立一同上岸了。

江边完全被浓雾笼罩，浓雾中的寒气，使衣薄的丘立冷得发抖。马路傍边的租界的房子，在这浓霭中威严地耸立着，屋脚的柏油路上，则停着一串串的黄包车；车夫们都用黄褐色的防雨油布把头裹起来放在车棚内，让两条赤铜色的腿子浸露在拖柄的中间；孙丘立随着朱武盛等走过时，若不是听着“要车子么?”的从假睡中叫出来的慌张的声音，他几乎疑惑这是摆露着的一串串的死尸了。江边的瓦斯灯冷寂地射着街路树的尖梢，树脚下面微现着青色的茸草与游眺的椅座。沿岸所遇的行人，都是把头缩到褛褴的衣襟内，挂起绳索，肩着杠担，到刚来船上去卸货的苦力。他们一个个都弯腰驼背，现出营养不良的畸态和沉默受难的凄怆来。

——外国人住居的房子确是精致而华伟，但是房子下面的无家可归的车夫却太像露尸了！

——外国人布置的风景确是清洁而美丽，但是夜半时，在这风景中走着的苦力却太丑恶了！

可是这时孙丘立也并不曾对此起了若何的感想，便被朱大人引到这凤台旅馆来了。一进门口，便有人应声说道："啊，朱大人转来了！"但朱大人并不作声，便又把丘立引上了二楼；从过道上的半卷着的帷帘望去，许多房内，还有些睡眼蒙胧的客人，正坐在零乱的雀牌棹边，伴着妓女打呵欠。

朱大人走进了房间后，第一件事就是：从棹子的抽屉内取了一张红条出来，在上面印着的"大人"两个字上添了一个"朱"字，在"叫"字下面又写了"四成里三二号桂红"的几个字后即递与茶房去了。

可是大约是受了江边的寒气的侵袭罢，孙丘立进了旅馆后，即觉得身上不住地打寒噤；继而便是头疼，继而全身也发烧起来了。起初他还努力地挣扎着。但后来终久使他不得不躺倒在床上了。他一面用被窝紧紧地蒙着头部喘息，但朱大人从对面床上吐来的一口口的鸦片，仍时时攻进他的被窝内来。孙丘立在这样的昏晕中过了一会，忽然听得有一阵女子的淫荡的喧笑声传来，继续即有三四个人开门进来了。从声音中听来，可以辨得出是两个女子伴着一个男子。

“我怕你不回来了呢！嘻嘻。”一个女子——大概也就是桂红——的声音。

“哪的话，不过这回的公务多一点。”这是朱大人的话。

“呀！恩爱嘞，一来就坐上腿去哪。”这是另一个女子说的。

“烂嘴呢！”

“哈哈哈哈……”一同的淫笑。

“看呀，我说不来你要来，你看她的嘴那样厉害嘞。”另一个女子向着同来的男子这样说。

“因为我们许久不见朱老爷了——”男子的回答。

“你都许久不见，你想别人心里念得很不哪？你看她不是在埋怨我们么？”

“来就来，谁叫你多嘴呢；哟，王老爷，自家的人都招呼不住了嘞！”这大约又是桂红的话。

“哈哈哈哈……”又是一同的淫笑。

这样男女混同的谑谈喧笑，对于头疼发烧的孙丘立，确是一件残酷的事；他的胸间益加烦燥，两股恶气逆涌上来，使他本能地把头探出被盖外来。从帐子的合缝看去，他见着朱大人仍然横在床上打烟，腿边坐着一个比较身体肥满的女子，朱大人的对面则另坐一个男子，身上穿着背心，头上戴一顶瓜皮帽，傍边也偎靠着一个女人。那种狎邪淫荡的丑状，使孙丘立亦可以决定是妓女来。

“老王，近来你那方面还好么?”朱大人吐了一口烟过后，即转过话题，向所谓王老爷的男子说。

“近来部下对于师长的风声很不好，说不定是受了运动罢，恐不久又要打的。”

“想来不关紧要罢；近来你那方有货到么?”

“信是来了，但货还不曾来。”

“啊，老王，”这回朱人人暂时放下烟枪，仿佛想起了一件重要事要说似的，“我这次在船上竟碰着了一个好买卖……”

“烟价卖得很好么?”王老爷听不出下文来，便这样催问了一句。

“不是……”朱大人又把烟枪拿到手上去了。“他妈的，东洋手枪不经打，德国货又贵……”

“……”

"这次在船上竟遇着有人能够介绍买美国货，这人不久就要到旅馆来，老王，我还可以介绍给你。"

可是听完了朱大人的这样间断的话，王老爷似乎并不怎样起劲，过一时他才略带唏嘘的口气说：

"老朱，不过我近来倒要想改行了！倒不是开玩笑，我想等这批烟到了过后，我想到上海去走一走。我看这次部下反对师长的消息如果确实，想来是难得打胜的。所以——莫闹得将来一个钱都不曾抓到手就倒台了。"

"唵，老王，你我知心人；我看现在还尽可以不必。打仗只要有军饷，一面既可以买收敌人的兵变，不然至少也可以买得一些敢死队。这次我们不是在重庆危险一次么！望着敌人要打过浮图关了，师长才急忙用二十块钱一条命去冲锋；你看！出城去就中一枪，手上还拿着白翻翻的洋钱的人不知有多少呀！"说到这里，朱大人也叹息起来，不过这叹息显然不是怜悯这些死者，而乃是羡慕这里有一个奇迹，所以他下结论似的，说："那回，望着是败仗也打胜了；所以只要把地盘保守住了，便可多征收两年粮，多增加一点税，你还愁将来捞不起本钱来么！"

"那自然是；不过卖鸦片来买外国军火，现在各处的军队都知道这个办法了——"

但这样的知心话，是不能多使两个妓女增加兴趣的，所以王老爷的话还未完，他所要好的一个娼妓便先撒起娇来了：

“我们走呀！人家几个月不见面了，何必多讨人厌嘞。”

“好啦；老朱我们还有四圈牌不曾打完，今晚上请来决个胜负罢，现在不久为难你们了。”

“哈哈哈哈……”

他们果然一同出去了。房内暂时的沉寂，使孙丘立松了一口气。但那些“卖烟土……坐上腿去……买外国军火……多征收两年粮……保守地盘……抓本钱……”等等的声音，还在他的耳鼓内不曾消失尽净时，朱大人与他的妓女即送了客转来了。这次两人的谈话突然缩小，一种带粘性的语调，使人感出异样的肉麻。

“桂红，你变了心没有？”

“说话莫昧良心嘞，我哪天不等着你。”

“那末你是那家的人？”

“我是朱家人。”

从衣服的搽响声听来，很明白地知道朱大人是搂抱着桂红的。一时他们的话声更缩小为喃语，终于只听得床褥的轧擦声了。这时孙丘立仿佛全身都不能辗转一下，除了感觉胸前的激跳而外，一切神经末梢都完全麻痺无知。

无疑的，这样丑恶的刺激，把孙丘立的病增加了。

他悔恨不应当与朱大人一路，但这时他已经感觉无法了。

后来他的病果然愈厉害了。朱大人见着医生来诊察是瘟寒带痢，他遂不客气地要丘立另移一间房住，丘立亦乐得免于嗅他的大烟气和听他的白昼宣淫，结果遂搬到楼下的这间久无人住的房间来了。但还不曾住上两个礼拜，孙丘立的路费早已变成医药费和栈房费，到账房第一次来逼迫他的欠账时，他又只得忍着愤怒去找朱大人暂时替他担保了……

孙丘立鼓起眼睛望着屋顶，把朱大人和他的关系回忆到这里，他感觉了愤怒。而一股几近乎“无赖子”所常有感情，亦簇涌上心来，使他本能地举起脚来用劲地把床板打了一下，同时自言自语地说：

“叱！不再担保了也罢；老子们滚到哪里算哪里，看你这曹吸血鬼把我怎样！”

四

翌日盘旋在丘立心中的，只有一件事：他不相信硬有强剥去衣服，把人推到露天去的事，但假如硬有这样一来，又将怎样对付呢？这个不愿有的“假如”，在他的狭窄的思路上碰了壁时，有时竟会忽然一闪而得了一个解决似的，不过这个“解决”还是“假如”——他想“假如”这旅馆内的住客都是不能付账的，那便用不着他一人来作急。这样一想，于是便有一群形势汹汹的人，连喊带骂地打进账房去的影子，在他的脑内旋转，同时也觉得胸前郁积的东西往下一松而畅适了。

不过这种假想，毕竟只是一时，合乎理性的期待，还是只望家中的来信。丘立的两个手腕，托着他的沉重的脑壳，俯靠在床边的棹上，脑内正不断地闪映着一个红格内装有自己的姓名的信封，他恍惚中听得有一阵足音响来，真的有写着“孙丘立先生收”的一封信，奇迹似的摆在他的面前。他的发花的眼睛，若不见着田茶房站在面前，他真疑惑这是一个幻梦。

抱着性急的心情，丘立抖战地拆开了信的封口。可是不久他的两颊便由兴奋而渐次转到苍白了。信中不曾带来钱的消息，而乃是装满了“穷”和“封建思想”。父亲的不善表现的字句上，那“骗款潜逃”“不肖子孙”等等的意思，却可以明白地看得出来。他的眼睛更渐发花了。

“没有寄钱来么?”早已猜透大半的田焕章含笑地问。

“没有。”这是过了半晌，丘立才回答出来的两个字。

“没有也不要紧。我倒与你家想了一个办法，你看可好不好。”

“你想怎样呢?”丘立下意识地把头脑放清晰过来，很热心地问。

“我想你顶好马上搭船到南京的亲戚处去；在此处只有愈拖愈长的。船钱可不要耽心，我去与你办一个‘黄鱼’就是。”

“嗯?怎样黄鱼?”丘立鼓着眼睛，有些不懂。

“我有一个熟人，在一条东洋船上当伙食老板；这船明天就开，你可到他那里去找个地方住，船票和伙食都不必出钱，察票的来了呢，只要躲避一下就对了。伙食老板自然会关照你的。这就叫搭‘黄鱼’。”

田焕章见丘立还不甚了了，于是他又继续说：

“至于栈房钱，这也没有几个，算我与你招呼了就是，到了南京你再兑来还我好了。”

“不必！”丘立瞠然了一会，忽然提高了嗓子摆着头说，“我倒要看看那些怎样来要我的被盖，要我另外高升的人。”

自然觉得田焕章这样侠义的提议，在他是顶好不过的了，但突地他觉得这又有些下不去；他想不乱冲已经是乱冲出来了，倒宁得更乱冲个到底。可是田焕章的满腔好意，突然碰了这一个钉，不特感到了意外，而且胸内开始了鼓动，脑内也起了些混乱；他想解释一下：

“或者我这话说得太唐突了，是不是；不过这也用不着介意；人生路不熟，吃点眼前亏也不合算。”

“但是你并不是有钱人，那能这样来！”

“对了，我不是有钱人，我才晓得无钱人受逼的苦处。我还不是从乡下来的！咳，愈有钱的人总是愈想钱，我倒经过得多，你看朱大人，还不是！王八蛋，我从前还来得惨……”

田焕章本想把他的初意说给丘立听，不料他的过去的一场倒霉事情，却一下涌上心来，使他两眼发红，前额上突起来了两股青筋，说得特别零乱。

但是这一段分岔的话和他的脸色的突然变异，倒够使丘立愈瞠目起来，他在田焕章摆着头把话中断了的时候，有些摸不着头脑的，问了一句：

“啊，你家从前也在乡下么?”

“还不是！我还更倒楣咧。”但他也着实感得自己有些兴奋，一下又把话转过来，“说来太长，已往的事不管它的好；你晓得，穷人才知道穷人苦，只有穷人才帮穷人的忙，对的，无钱要想混过有钱人那里去，是这样，一定要被一脚踢下来；真的，我刚才并不是想要学那些施恩的，我不过想我们这样的人，是有饭大家吃，你家不必客气，也不必多心。”

田焕章装了很大一个心来说明他的初意，还想要说点道理出来，现在总算是说完了。但是他马上感觉说得不好：说的时候，脑内不停地打转，嘴巴总是不跟着来。

可是这些不十分清晰的话，却把丘立的心抓住，而使他的觉得下不去的心意，竟因此而释然了：

“好的。那我就领你的盛情了；我到了南京就兑来还你。”

丘立这时候的感情复杂极了。账房，王金华，朱大人等给他的重压，却被一个不可测量的人与他解放下来。从话中听来，他觉得田焕章倒也不甚像一个江湖上的侠义者，然而那零乱直爽的口吻，自然又不是一个平凡的人。到他想再要知道些田焕章的来历时，田焕章已经不在他的眼前了。不知怎的，现在他才起了一些感伤的心意，他瞠然地在屋内鹄立了一会，忽然抱着头斜倒上床去。把脸紧紧地贴着被条，流了一阵眼泪。

五

伙食老板的一个钱柜，当成铺位来把丘立载起走了过后，荏苒地已经过了几天。凤台旅馆中一切都依然。商旅庄客等继续作市侩的打算，朱大人们仍然周旋着鸦片和手枪的买卖。连那雀牌的声音也仍是时时响到午夜，许多黑牙腔内吐出来的鸦片的毒烟，仍不分昼夜的缭绕在屋内。若要在这些长流不息的继续中，勉强找一点变化来，那便是残剩过两次的“番菜”，再已无人来偷食，四街的苦力们，可以多买得一点油脂的羹汤了。

一晚上，守夜的班次，又轮到了田焕章。他深夜坐在一把陈旧的木椅上，偶然想起了那个去了的病后的青年。当丘立在旅馆时，他曾问过丘立的家境，知道丘立的家是栽种自己的几亩田园，说起来是比他从前佃“二老太爷”的房子和土地要富裕一点。但他又知道了丘立们的收获是分给团防和征收局等，自己的收获是大半归

“二老太爷”受用，结果完全是一模一样。所能自己的凑成丘立到南京，不外是帮助了一个同类。

可是他这样一想，过去的旧事，竟又打动了他的旧恨。报私仇的心意，虽然早已打消，但这旧事仍然挑拨着他要去斫了“二老太爷”的头，挖了“大少爷”的心时才足以甘心。

“唵！妻子也真可怜；现在还在侍奉大少爷，或者已经讨了厌恶，早被逐出去了呢？”

“恐怕已经不在世上了吗；她提起包袱起身的时候，不是哭得那样厉害么！”

“还有那个独眼王婆，也真是可厌！”

旧事使他重重叠叠地这样回想，妻，二老太爷，大少爷，王婆等等，都一幕一幕地在脑内再映出来。

× × × ×

二老太爷是田焕章的旧东家，也是满清时代的一个作不起八股文章的秀才。他后来用钱去捐了一个“顶子”，才名利双全，从此一乡人都称他为二老太爷了。

二老太爷的乐趣，就是常站在住宅的石朝门外观看周围的土地一天一天的膨胀，及到了晚上，等“二老太婆”也睡了过后，才把床边老银柜打开，小心地取出白亮亮的银子来点数一次等事。他平常的极伟大的志向，就是想由家到镇上时，路上不经过别人的田塍，而这个志向，他以为是很容易达到的，因为平常总是那般的：人在赚钱，钱也赚钱，土地更找钱……

他正在向着这个志向迈进的时候，可是有一年却干旱起来了。插秧的时份，田水既不深，到第二次耘秧时，泥饼已经露出水面来了。

这种旱魃将临的豫兆，不特使二老太爷作急，而尤其心焦的，还是他的佃户田焕章。他每次望着天上的云霓起而又被风吹散，他便每次在晚饭后要向妻唠叨出他的心底的隐忧。这时往往在他的唠叨落空了许久过后，他才听得妻从灶下发出一种分岔的意见来：

“我说佃田还是‘分租’好，有多分多，有少分少。”

这时的妻，往往是被灶火烘得两颊红晕，现出农妇的娟美，灶洞中的柴火，闪闪地发出炸声，大锅内的猪馐，亦煮得渤渤地响。但毕竟他们的田不是“分租”而是“定租”，所以田焕章觉得他的妻的话是分岔的。

田焕章与二老太爷议定租约的时候，实是各抱着各的心算：一个以为这样一来，只要辛苦一点，就可多得一点，万一遇着年成不好，也可以求东家让一些；另一个则感觉“分租”有须去监督收获的麻烦，而且在这样兵乱事多的时候，“定租”实在是要安稳些。所以两种不同的打算竟得趋于一致了。

但是现在焦燥着的，自然也不止田焕章一人，这样的干旱，使四乡的农民都逃不出恐怖。他们消除这恐怖的第一步办法，便是在镇上公议了禁止宰杀三牲六畜，向龙王菩萨忏悔，但火团似的烈日，并不曾因此躲避过一次。于是他们不得不采用第二个较为积极的手段——直接起来，求雨了。得了几位捧脚绅正的公推，二老太爷遂起来当求雨会的会长，而且他还在募捐簿上慨然地写了“捐会银一大锭”的字样……

求雨会开张了。龙王庙中不断地响出和尚的木鱼声，庙宇顶上有几旒黄色的祷幡，在热风中飘展。田焕章和妻子的心放下了些。落雨自然很好，纵不落雨，那挺身出来作会长的二老太爷，亦不难于扩大慈悲来减租：他们是这然推想……

在和尚们敲起木鱼做法事的当中，自然也曾奇迹似的起过满天的黑云，但可惜总是起云不下雨，而且末了连云也不起了……

求雨会做了一月便散会了，散会这一天，二老太爷特别穿了一件上下两节不同的大绸衣，使许多来会者叫不出名字，但也有人认得这是叫“罗汉衫”。这罗汉衫上吊了烧饼般大的一个表，走路时，不住地向胸膛的两边摆动。许多带着锄镰来赴会的人，都不断地呆望着这个摆来摆去的表，而二老太爷的脸，也就愈壮严得似土皇帝然了。

和尚们引着二老太爷和许多人一同做了一个简陋的仪式，求雨会便正式告了结束。求雨用去的账目，不久亦由二老太爷公布出来了：

——但是除了他捐的一锭会银还在荷包中而外，他还赚了十几块钱的事，只有他一人才知道。

——农民们所望的雨，还是落不下来。

…………

“钉镗锭铛，锭铛钉镗……”金石般的铿锵声音，这样先响一阵，继续又是“铛！铛！”的几声较大的鸣响。江汉关的报时钟，暂时打断了田焕章的浮现出来的旧痕，他知道已是午前四点，快要天亮了。他感觉有些疲倦，一掉身便又靠到椅子的另一个把手上。

但是他马上又见着田泥大张着嘴，在那里吐出蒸人的热气，白鱼失去了最后一滴清水，早把尸体横存在干泥上。田中见不着金黄色谷子，只有一块块的泛白的炎苞草，好像是田里生了癞病一样。干土中的高粱，亦早垂头夭逝，让那枯焦的叶子，在灼风里招展；四周无鸟声，只有阵阵的蝉鸣，时时响在那些有枯叶的树头上。……

望着收获的时候到了，可是田焕章老实有些怒气一样。一天他粗暴地骂着妻一同把地坝修补好，为的是使晒谷子时不致有些抛散。随后他先到邻家去换了一个工，即同来还工的邻家下田去开始割谷；他们在前面收获，妻子也蒙起蓝布头巾，提着竹篮，跟在后面去蒐拾那残落下来的谷穗和稻树上还不曾脱尽的颗粒。他们这样地集中了最高的智慧，洒尽了最后的血汗，总算是收获完了。分量并不算少，可是把分量中的枯叶白壳等提净了时，田焕章的面前便只剩得小小的一堆了。……

田焕章站在这小小的一堆谷子傍边发呆，心中郁积着一种说不出的怒火，因为他知道栽种了一年，连纳租的分量都不够。……

这一股说不出的怒火，现在还使凤台旅馆中的田焕章也愈趋兴奋，因为他的脑中，快要回忆到最后的一幕了。于是他很兴奋地看见二老太爷指天画地在向他骂，说：田地是银子和钱买来的，没有一点让头；他看见自己气得像不知事故似的，与二老太爷恶声相骂；他又见着自己终于被二老太爷的两个长工推出了大门过后，耳朵内还响着连连不断的“这还了得”的骂声……

过了两天，独眼王婆便一拐一拐地来了。睁开的一只眼睛，却带着满堆的微笑。她起初劝田焕章不要以一个鸡蛋来与石滚打斗，末了才说大少爷要添雇一个用人，她是特来与田嫂子撮合的；她又说这样一来，佃租自然用不着补纳，缓后田嫂子还可以赚得几个回来……

但是他听了王婆的话后，却反像火上加了油一样。他骂王婆多事，末了几乎要像自己被推出二老太爷的大门一样来推王婆，王婆才又一拐一拐地转去了。

田焕章知道大少爷是一个独儿，连二老太爷也是不甚管他的。大少爷雇用的女人，往往是进门不到几天便穿得漂亮起来，有人虽说这是由于大少爷的贤惠，但知道真情的人，才说这是由于大少爷有些不规矩，而且这不规矩的引线，便是这独眼王婆。

可是到了第二天，王婆却又来了。睁开的一只眼，仍然是带着满堆的笑。这回她说她完全是为好而来。大少爷因为看田嫂子还生得灵巧，所以才在二老太爷面前说好，让田嫂子来掉换佃租。她又说：大少爷也是一番好意，也是心很慈善，才肯出来转这个弯。末了她不笑了，她硬起来问：是让田嫂子去呢？还是马上纳租？

田嫂子自然是满腹不愿去；可是后来田焕章终于要她去了。真的，除了妻而外，他实在没有值得上那点欠租的东西。最后还是他咆哮了雷霆，妻才一面哭，一面提起包袱跟着独眼王婆去了……

失掉了妻的田焕章，忽然想起了“报仇”的路来，他想先去当土匪，然后转来斫二老太爷的头，挖大少爷的心，不过在未找着土匪的门路时，他打算先到城市上去生活，而且以为这或者是易于碰着那到土匪去的路。

这样，他便想起了前几年时，那一批一批的到桥口的外国纱厂去做工的人里面，有他的一个熟人来。所以他便逃出了乡间，也走上了那像虎口似的吸收着中国苦农的纱厂的路。可是像他这样充当纱厂的预备队的人，倒还不少，他到了桥口过后，那熟人便先对他说了厂中已无缺可补，然后才替他暂时找了一个客栈的茶房的差事——所以结果他是到这凤台旅馆来了。

但他的熟人毕竟也不是土匪。更奇怪的，就是田焕章与他的熟人往还了过后，那报仇的事虽然没有忘去，而当土匪的念头，却不知几时竟打消了……

六

丘立在嘈杂的南京的下关码头起岸时，夕阳已经搭过山边，江岸的残照的红晕中，已经溶上了许多暮霭了。他先虽写了一封信投交叔父的学校，但却不知道叔父的公馆在何处。所以他只好先到一家小栈房去暂住一夜，待明天再到学校去找。

这样，到了次日的上午，丘立便访问到大学去了。他先到号房去问“孙先生”在否，但传事却把他的老蓝布衣服和两颊落腔的面孔打量了好一阵，才诧异的问：

“是学生呢，是教授?”

“是教授。”

“你姓什么?”

“我姓孙，这孙教授便是我的叔父。”

传事听过了丘立的自己介绍，又重新把他看了两眼，才告诉他现在是上课的时间，教他在传达处等。

丘立抱着饿肚等到了十二点钟时，各个教室便吐出一群群的学生，使全校顿时沸腾起来，他知道是下课了。他注视着那些来往的人群，不久便见有一高一矮，抱着皮包的两人走来。两人都穿的小裤脚的西装，仿佛很兴奋的在谈论着什么，丘立已看出那身材较高，左肩微斜，上列牙齿凸出，走着八字脚的一个便是叔父。但这叔父则不曾见着他，正板起死沈沈的面孔，聆着较矮的同路者的谈话，使他不得不赶上前去叫了一声“叔父！”

听着这呼声，叔父才暂时打断了谈话回头过来，但面孔仍然是板板的。

“你是孙丘立吗？你这里来做什么？”

听着这两句颇不像初见面的人所说出来的话，使丘立暂时惶惑不知所答，但一下他猜定这或者是在责难他为什么不直接到家去时，他才急忙解释说：

“昨晚才到；因为不知叔父的住处，所以到学校来了。”

“你现在住哪里？”

“还在栈房里。”

“跟我来！”

这“跟我来”三字，说得颇有些威严，但丘立的跳跃着的心胸，却一时稳定下去，他知道不曾遭了拒绝。于是他便跟在后面走，叔父们的兴奋的谈话又继续下去了。

“讲议中编进比喻的话，原来是常事，但是学生偏说这样的讲议要不得。你看学生的捣乱，不是愈渐明目张胆了么?”

同路的教授这样说。

“你用怎样的比喻?”

“我用的是‘又要马儿跑得好，又要马儿不吃草’这两句。你想要形容一件不可能的事，还有更适当的话么?”教授伸长了颈子望着叔父，似乎盼望一个赞成的回答。

“总之都是他们西洋帮的教授在捣鬼。我看我们也要赶紧抓着一批学生才行。”

叔父的回答，竟成了这样的结论，但矮教授并不因此罢休，还不断地津津有味地连谈带骂：

“西洋帮都以为用原文教本就漂亮了，其实他们至多不过懂得两句英文，而且还未必就‘通’!”

这样的交谈，丘立当然不能参加，他只有守着“跟我来”三个字走在后面；一直到叔父的公馆门前，矮教授才分手去了。叔父不作声息，在门上“嘭嘭嘭”地使劲拍了几下，一扇侧门便马上打开了。

侧门的右边，接联一间狭窄的小房，房内的零乱而肮脏的铺设，可显出这是供用人的住处。左边则是一间较宽的书室，这两间屋都是前窗临着屋外的小路，后窗接联于屋内的天井。丘立随着叔父跨过了天井，便走上客厅来了。

叔父从厅上的侧门走进内室去后，丘立一人剩在厅上，感觉心里有些摇摇不定。他开始打量客厅中的陈设，但厅中除了中央有一张孤立的餐台，靠壁有几条零星的板凳在打眼而外，一切都是寂寞而空洞的。尤其使丘立感觉异样的，就是进屋来已经过了许久，但除了那个呆钝而行动迟缓的开门人而外，莫说见不着第二个人影，即一句话声也听不出来。

这样冷寂的空气，移时才被里面传出来的一阵咆哮似的声音打破了。这仿佛是叔父在骂什么。咆哮声完后又是沉寂，过了许久，丘立才看见叔父的板起的面孔从内房出来，后面还有一个团团的女人脸，在侧门上一晃便又缩进去了。丘立觉得这是在乡中见过面的婶娘。

“你出来许久?”

见着叔父在问，丘立便把离开家乡的时间，和在路上病了的事说了一遍。

“中学毕业没有?”

“还没有毕业。”

“没有毕业就出来干什么呢!”

丘立知道这话不单是威严了；他有些面赤，同时也有些摸不着头脑。但他很晓得在这样的形势下，不是说明他的真意的时机，所以他只用了“想早些出来求学”一类的话来唐塞过去了。末了他才见着叔父也终于很勉强地说：

“那末，去把行李搬过来罢。”

丘立将行李搬来的时候，值叔父出外去了。婶娘出来招呼他把床铺在侧房里面的一间小套房中。套房后面，紧紧地逼着厨房，所以墙壁都是被烟灰燻得乌黑，两扇狭小的玻窗，更是满挂着污秽的尘吊。

丘立在检理床铺时，婶娘牵着一个年约四五岁的孩子，站在门阈傍边闲看。她的团团的脸上找不出一点表情，只有那沉滞无力的两眼，微微地不时转动着。下身虽然穿有黑色的裙子，但上面所罩的灰色上衣，则又宽又大，长过两膝，高拱起的脚背，和那空了半节的布鞋，都表示出是一个中年的旧式女子，在勉强地趋时。

移时，与这套房的门口相对的客厅的后房门打开了。丘立见着一个女子用一付乌溜溜的眼睛向他打望一下，同时便踱进这套房来了。身上穿一件深蓝色的旗袍，薄薄的围巾，把颈项围绕了一转，又拖及膝间。两手各插在左右的腰包内，脚上穿的一双青色的软底鞋，被指头鼓胀得异常的丰满。

“这是你大婶处的蓉姊，都是自家人。”婶娘这样介绍。

丘立知道了这是叔父的亲侄女。大叔是很早就去世了的，所以现在婶娘不说“大叔处”而说是“大婶处”。丘立轻微地点了一下头后，即听蓉姊在向他问谈了：

“前两天就听说你要来，又说你在汉口病了，现在还好吗?”

“都好了。不过只觉得身体还有些虚弱。”

比起叔父的威严和婶娘的平淡不关心来，丘立觉得蓉姊的语声和表情，都温柔而亲热得多。

“蓉姊进了学校吗?”

“不，去年没有考上。”

蓉姊说了一笑，又把那漆黑的眼睛放过去把婶娘打量了一眼。

他们正在这样问谈着，忽然外边的大门上起一阵“嘭嘭嘭”的拍击炮似的声音，是叔父回来了。婶娘望了蓉姊一眼，即刻牵着小孩一溜就走，蓉姊也对丘立笑了一下，便静静地回到自己的房中去了。丘立有些摸不着头脑，但据这情形看来，倒很像鼠听猫声便“鸟兽散”了一样。

叔父回来后，仿佛是在前面书房里；到处都是屏无声息，连婶娘也是仍静静地躲在房中……

晚饭后叔父也不同谁讲话，独自在客厅上逗着孩子玩。丘立这时才走上前去，意欲找个机会好把自己的来意说明。但叔父再也不问他什么了，连威严的话都没有。末了，丘立只好大胆地抱着“你不开口我开口”的心情先问谈起来；于是他先问及南京的学校情形如何，每年所需的费用几多，次问及了自己住什么学校适宜。果然，在他们的这些滞涩而有间隔的交谈中，丘立终于觉得是他说明真意的时候来了——他听着叔父在问他身边还有多少钱。于是他即刻把家中如何的穷困，父亲如何要他辍学，以及他如何逃跑出来的情形详述了一遍，然后很委婉地说：

“所以我想出来找个出路，想请求叔父暂时帮助一下。”

可是丘立说完了过后，不得不徨惑了——他竟听不出回答来。他见着叔父的涩滞的脸上更封锁着一层黑云，黑云中间，还现出满不高兴的两只眼睛。过了许久，他才听着有如下的一段话，从那不合缝的牙腔中漏了出来：

“你这样不得家庭的许可就跑出来，未免太过于糊涂了。外边不是那末容易过活的。至于说到帮助的话，你看我哪有许多钱来帮助人！现在我拖了这一大网人还正无办法嘞！”

丘立知道碰了钉了！希望的计划虽然费了攸长的时间，但希望的破灭，却只实现在短短的几句话里！厅上荡漾着沉默，使人着实有些难堪。隔了一阵，那在厅壁上呆稳地看着这幕悲喜剧的电话机，才自动地出来转换这个局促不安的空气，一阵急迫的铃声，使叔父走去把听话筒拿着：

“谁呀？……老黄么……有重要的消息？……好的，我马上就过来。”

叔父把听筒挂好，在厅上踱了几个来回，才吩咐说：“我看你还是写信回家去设法的好，现在呢，就暂时住在这里罢。”

叔父出去了。丘立回到套房时，在过道上见着蓉姊立在门边，脸上有些忧郁不快；及见着丘立走过时，似乎又悒然笑了。

丘立走进房后，颓然地在床沿上坐下，刚才的幻灭，又在他的脑中一闪地掠过。他的眼睛望着靠窗的棹上的洋油灯发呆，那洋油灯却忽然膨大起来，渐渐变成一个形似田茶房的人，在向他打着手势而且很零乱地说：“无钱要混过有钱人那里去，是那样……一定要被一脚踢下来……”这形似田茶房的人说到“踢下来”三字时，便把上躯向后一倒，丘立仍然见着是一盏鬼火似的洋油灯在棹上飘闪着。这时他不觉起了一个切实的感想：

“万不忆田焕章的话灵显得这样快，现在事实上已经是等于‘踢下来’了。”

于是他便在箱底找出一点纸来，走到那盏飘闪不定的灯前去开始写家信。他一口气写好后，便又凝视着那张信纸呆呆地发痴，但又觉得除此而外，实在已别无办法了。末了他还是决定明天拿去投邮，便脱衣上床去睡了。

可是在床上辗转了几次后，全身虽疲倦得不想一动，脑经却很清晰地在垫枕上岑岑跳响，连对面房内蓉姊的揭书页的声音都听得出来。他勉强想睡去，却愈不能睡；关于前途的问题，明知现在是不能解决，但却又委实在死死地考虑着。那样期待着的叔父，现在竟得了一幅威严而冷酷的面孔，而且最感觉与豫期相反的，就是满心以为是一个簇新的家庭，但一进门后，却竟是那样的死沉，那样的窒息，甚至还有些捉摸不出来的现象。蓉姊倒是和霭可亲的，但那付水汪汪的黑眼睛中，又似乎含宿了些什么似的。

末了，清晰的岑岑跳响的脑经，不知几时也终于昏蒙起来，然而不久便又突然一闪，知觉又重新恢复过来了。他零星地听得前房有一些“王二又生得蠢……总不会买东西……暂且留他住下”一类的不相联贯的话声送来，他想是叔父已经回来了。

翌晨，丘立刚起不久，他便见着一个矮小的人进来。是昨天同路的教授。又从厨夫兼用人王二的传达声听来，知道这人便是昨晚电话中的老黄。这黄教授长了一对细小的眼睛；从那灵活而锐利的瞳仁看来，便知道不是一个庸庸者流。

“啊，我想我们昨晚商量的事情，要早点着手才行。今天我马上到省政府去一趟。学校里你去给我请了假罢。”

叔父走出客厅来，黄教授打过了招呼，便一气呵成地这样说。

“昨晚你走了过后，我们想还是要双方进行的好，学生方面，应得去确实地联络一下。”

叔父还不曾开口，黄教授像军师献计似的，又继续说了。

“行是行；不过学生方面是容易走漏消息，恐怕后来不好，所以……”

“不不！”黄教授又截断了叔父的话，“现在我们要取攻势才行。不然，学校真要完全被他们占领去了。看情形怎样时，我们还可以教学生先发动。”

黄教授说后，很兴奋地掉身就走。继续，叔父也吃过早饭出去了。

这些举动和谈话，都与丘立的豫想中的事实相反。他以为大学教授的生活都是静穆严肃地在研究，在教学，其实则仿佛始终在使用诡计，筹划什么似的，虽然他还不曾摸着黄教授和叔父所谈的究是何事。

蓉姊饭后，便关在房内读英文。

丘立也想整理两本读过的书来温习，但正在这时，婶娘的团团的脸，却出现在他的前面了。裙子已经不在身上，使两只脚背特别拱得高，手上提着一个铺好了报纸的篾篮，恰像一个理家的旧式妇人要上街。丘立方怀疑着当跑街匠的未必也就是婶娘，然而婶娘已经在同他讲话了：

“丘立，你跟王二一路上街去帮我们买菜呢；带他出来还不久，人又生得蠢，他总听不清楚这个地方的话，总是不会买东西。你跟他一路去，卖菜的地方他会指与你的。”

冗长地说完了后，婶娘便把竹篮向他伸得长长的。丘立这才明白了，当跑街匠的毕竟不是婶娘而是自己。可是这时他的脑内忽然一闪，便又怔忡起来，他觉得婶娘的这一段话，有许多是他在什么地方听过了的。但不久他已立即恍悟了：这当跑街匠的命运，原来是昨晚上的那些零星而无联贯的话声早就为他决定了的。

跟着王二走出了屋外，不远便是一个盛有腐绿色的死水的池塘。丘立提着竹篮，走到这池塘的堰堤上时，才有一股辛酸的愤恨逆涌上来，使他自嘲地想：

“毕竟还是父亲时常说‘哪种人穿哪种衣’的话有经验；穷小子你想来读书么？这里早已经与你准备了一个菜篮子了！……”

七

跑街买菜，从此便成了孙丘立的生活。追求的“书篮”，结果竟变成了“菜篮”。

可是说也奇怪，起初，肘上挂着篮子走到门外的湖堤上时，照例心中虽不免有些凄酸，但经过不久这便很快地成了习惯，辛酸愤恨的心情，也渐次被消磨鲁钝了。而且蓉姊的亲热，可算是悲苦中的安慰，婶娘虽然平淡，但亦不是怎样的难于相处，所以只要叔父不在家时，丘立倒也不感觉怎样的难堪。

这种灰色的生活，约模过了几个礼拜后，才得了一点意外的发展，而使他的狭小穷窄的世界陡然宽大了些——有一天他竟在路上偶然地遇着一位同乡而又是旧同学了。

这位旧同学姓曹名孝植；从前的班次虽然高过丘立两级，但在一所并不广大的学校内面，他们也还时时互相往来而成了熟识。曹孝植在县中学校时的成绩是顶有名的，但是他的专门与教员作对，也是同样的有名，所以后来竟因为反对一个不良教员而遭了开除，从此丘立也遂不知道他的消息了。

可是这一天丘立挂起菜篮子正要走进一家杂粮铺去时，他觉得后面有人在拍他的肩膊；掉头过来，竟意外的认出这便是曹孝植——原来这位老友已经进了这里的大学了。

“你怎么在这里干这一套?”

曹孝植认确了是丘立后，连普通的几句见面话都不曾谈，便首先对着他的篮子放出疑怪的眼睛来。丘立起初有些不好意思回答，但后来终于含笑的说：

“这是我的职业呀！你看还像一位大司夫么?”

曹孝植笑嘻嘻的有点不相信。于是他才又问了丘立几时来了南京，现在住在何处等等。

果然，在这一些简短的回答中，他知道了丘立现在的确是过的一种复杂的生活。当然在这街头上，丘立还不曾对他说出详细的情形来，但一听着丘立是住在叔父的家中时，他便想起了那幅不令人高兴的板板的面孔，而且估量着这位假道德夫子定不会在丘立身上有很好的待遇。可是正在这时，丘立却在邀他一同到叔父家中去坐了。于是他用直爽的口吻说：

"啊！因为是同乡又是先生，贵叔父处我也曾去拜访过；但自从那一次以后，我便赌咒不再上他的门了。"

这几句意外的话，连丘立也瞠目起来。他知道曹孝植还是那样的一副傲骨，但不知这"赌咒不上门"的原因究是为的什么。可是曹孝植已经继续说下去了：

"这倒不是为的什么；不过在你那贵叔面前若行礼不如仪时，就要当面为难。可是先脱了帽，然后把腰伛到九十度以上的这一套，我又始终学不会。"

两人都笑了。末了他又把自己的住址告诉给丘立，然后才分手——而丘立以后时时偷着空闲到曹孝植处去访问的事，也便从此开始了……

是一个昏沉的下午。叔父不曾回来。婶娘抱着孩子睡午觉。家中支配着无生机的空气。丘立郁积得无可聊赖，不知不觉便又一溜地跨出了大门，向着沙塘沿的寄宿舍去了。他胡乱地走过了几条较为繁盛的大街，又穿出了许多砾瓦垒垒的废墟似的道路，终于走到了静僻如乡村的一个地带。在几畦蔬菜的傍边，有一长列平房摆着，这便是学生们自辟的寄宿舍，曹孝植也便是住在这里。

宿舍内似乎闹烘烘的。丘立一踏进门阈，果然见着与往次来时不同；床铺椅凳上乱杂杂地坐卧着许多人，而且都摆出一幅兴奋的脸像，使他暂时见不着曹孝植在什么地方。他急举起眼来在这些人群中搜寻，才在一个角落上发现了曹孝植正埋着头与一位朋友在谈论什么。

“呀，来得好！你的叔父与黄教授等已经罢课了。你晓得么?”

抬头起来，见着丘立已经站到面前，曹孝植才一面让坐一面这样说。

“哦？还不知道；他在家中从不说什么的。”

“今天下午才发表的。我们也刚才知道。”

曹孝植递了一杯开水过来后，便又把刚才谈话的朋友介绍与丘立，说那是他的同学名施璜，同时也把丘立介绍了一遍。

可是这时房中的同学们的嘈杂声音，竟压住了他们的谈话，使他们不得不暂时静坐下来，听那些七乱八糟的各自信口开合的关于罢课的意见：

“这一定是地盘不均闹出来的乱子呀!”一个声音飞来。

“我想这只不过是那专门跑省政府的黄小鬼一人干出来的罢了。”又是第二个声音掠过。

“管他妈的，纵竖不过是那些无聊的功课。这一来，倒反凑合我玩个痛快!”这又是第三种意见。

满屋都是喧嚷嚷的。谁也没有专一地听谁的意见，谁也不存心要说出来得有人听。这样过了一刻，才有许多把罢课的兴奋移到电影欲的兴奋上去了的份子退出门外，喧嚣的声音，也才减低了些。

"嘿！这还不是挨学生吃亏！平常骂中国学生只晓得闹问题，不读书，以为这有碍学业——像这样的随便罢课就不有碍学业了么！"

望着话声快要冷落下去的时候，突然又有这样很兴奋的几句话从对角飞来。这声音特别粗，特别大，而且又是郑重的意见，所以许多都把视线集中到他的身上去，认出这是二年级的一个学生。房中暂时哑了一下，显然是在期待着一个人起来回答。约模过了一晌，对面床上才有一个人翻身起来说：

"其实据我看来，这次的罢课倒是很正当的。把持经济，引用私人：这样的校长若不加反对，学校那能够发展呢！"

"把持经济和引用私人这两条就是借名；其实这来源还是由于黄小鬼的教务长不曾到手。"

"你说不是引用私人么！你看学校的总务长，教务长……重要的位置，那一个不是西洋帮？他们的确是在排斥东洋回来的先生！"

两人激烈地争论起来了，而且各人似乎都在拥护着一派。角落上的二年级的学生已经走在屋的正中来站着，一手插在腰包内，一手留来在空中指划。坐在床上的反对者，也紧紧地用手掌反抓着床沿，表示他不肯轻易地示弱。

“问题不是什么西洋或东洋，只要教授好，那也算不得引用私人。”

“那末，西洋帮的教授就说不上哪点好。连讲议都编不来，只晓得用原文教本来欺骗学生。”

“用原文还算坏么！现在哪样学问不是由欧美来的？我们要知道一种学问的奥妙，只好从原文上着手，什么翻译本什么讲议都是靠不住的。”

“好，依你说来，我们中国人都是应当为外国人造学问了。你看，许多西洋留学生连中文都不通，论文都用英文来发表——这样，我们中国人还有一点学问上的长进，还望永不落人后么！”

现在罢课的问题被扔在一傍，而成了学问的“中西之分”的争辩了。其余的人仿佛不曾准备得有意见，而且显然也感觉无趣味，于是也就各自零星地散开了。

“那末，黄小鬼的‘又要马儿跑得好，又要马儿不吃草’的讲议，就可以使中国人长进学问了么？”

“但是这也不见得就比用原文教本坏。我相信只要教者的方针正确，讲议总会好起来的。”

彼此以为是道理的道理，望着快要引用完了。而两人又不肯轻易地分胜负。显然须得一个第三者出来转弯了。这时丘立忽然见着与曹孝植对坐着的施瑛起来走到那争论着的两人前面，含笑的说：

“你们这道理应得请我来断：我与你们的意见都不同。从现在说来，学问自然不是对于全人类都普遍无私的。它的赐与是分有界限，可是这界线的两边并不是如你们所说的中国和外国，例如学问的进步发明了汽船与火车，但火车内部有头等与三等，汽船内也有官舱与统舱；这个事实是不分中外的。又例如学校内所讲的学问仿佛是万民同沾的，但其实也有在学校挂名鬼混的，也有想进学校而不可得的人；这个事实也是不分中外的。”

果然两人被这一段意外侵来的话打哑了。各自现出一幅无法辩驳的窘像。虽然他们不曾心悦意服，可是也乐得这一段话来把他们的纠纷解开，于是静悄悄的一瞬便也各自散去了。

午后的时刻，已经快要过半了。暮色渐渐闯进了屋内，矮小的四壁上多添了些阴影。施瑛凯旋似的转身过来落在原来的凳上，曹孝植已经在对着他发笑，仿佛在表示欢迎。

“真的，富国强兵的国家主义的思想，在同学中太浓厚了，这大部份都是受教习的影响来的。”

曹孝植首先恢复了他与施瑛的从前的谈话。

“所以刚才我说我们应得有个团体，而且不妨参加到学生群众中间去赶走这一批东西——走一个少一个。”

“不过这次的罢课，始终是他们的‘帮口’问题，我觉得参加进去也是无益的——那只有赶走一个来一个。”

“不然！”施璜很热情地说，“罢课本身诚然无意义，但我们参加进去的目的，是抓着许多机会来暴露现代教育的丑恶，使学生群众知道教授先生们与军阀勾结的内幕，减少他们对学生的信用。”

曹孝植暂时无语，仿佛在审慎施璜的话正确与否。过了一刻，他才点头会意地说：

“对了。不过这一次我们还是不参加的好。我们现在的人数太少了——只有被他们利用的。”

“我自然不是主张这一次一定就参加；不过我觉得学校以后的丑恶的乱子准是多极了，我们应得先有个团体来团集人的必要。”

曹存植表示了同意。施璜的话也就在这里告了一个段落；同时恐怕丘立与曹孝植有特别的事情要谈，于是他便起身先走了。

丘立望着施璜转了身走，一直到那背影也从门外消逝了后才收回了眼睛。他对于自己所憧憬着的学校是个怎样的内容，这时也愈明白了。黄教授在路上愤愤的说出来的“又要马儿跑得好，又要马儿不吃草”的讲义，不图又在这里听着，不知怎的连自己也觉得这两句话有些好笑。可是正在这时，他听着曹孝植又开口谈话了，而这话恰恰又是问他以后读书的问题怎样决定。

“打不起主意。”丘立站起来无目的地望着屋顶，同时在床前打了一个转，然后又落到床沿上来正视着曹孝植。“第一，想依靠亲戚的梦已经醒了；第二，家中来信，除了责骂一番而外，便是叫赶快回去。还有，就是我已经起了疑惑——不知道现在进学校究竟有没有意义。”

“你也这样想么？”

“可不是，我已看透了：现在的学校，不外是今天闹帮口，明天闹罢课。”

“一点也不错。而且就不闹罢课不闹帮口，它也不能把我们所愿学的东西教给我们的。”

“所以现在的情形成了：回家去只有当牛；在这里也无出路。你觉得究竟怎样好？”

这是很诚恳而带焦灼的问话。曹孝植暂时没有回答。只是他的眼睛钉在丘立的脸上不动，仿佛在审察什么。略过一刻，他才很严肃地像下结论似的说：

“我所能贡献的意见很简单：先把进学校的思想放弃了，然后走进社会去。不过这不是进社会去摇尾乞怜，而是进社会去改良社会。的确，现在受着经济压迫而苦闷着的人真多得很；现在的社会是无法来解决这些苦闷，只应这些苦闷的人先去解决这个社会的。”

“是的；这个大道理我也早就懂得。现在我已看穿了亲戚骨肉，知道一个人是难于爬上有钱人那面去的。可是怎样能够进社会去？更怎样去改良社会呢？——这目前的问题，我就难于解决了。”

可是曹孝植突然大笑起来了。笑声一断，他即继续说：

“你这所谓目前的问题，不是已经解决了一半了么！提菜篮也就算是进社会：叔父是东家，你便是用人。东家不对时，你那菜篮便是武器，所欠缺的，只是那菜篮的武器有些不适合于你的使用罢了。”

这意外的大笑，和这一串直截了当的话，一直钻进了丘立的胸窝，虽然觉得有些过于新奇，但却能紧紧地抓住他的心。但曹孝植这时又恢复了平常的口调，说：

“所以我觉得你尽可以暂时在叔父处住着。暇时不妨常常到我们这边来谈；说不定施璜可以介绍你到更适当的地方去，他的路线是很多的。刚才他来约我们组织一个学术讨论会那一类的团体，我想你有空也可以来参加的。”

临别时，他又在书棹上抽了两部新出版的“路碑”

杂志来递与丘立，说读“路碑”比在教室内听无味的讲议还好得多。一面丘立只正苦恼自已的无书可读，自然是很高兴地接受下来了。

走到寄宿舍时，时间已经接近薄暮。丘立觉得眼前添了些光明，身上增了些勇气。空洞的生活，也忽然觉得丰富了许多。他感谢曹孝植竟肯那样爽直而诚恳地为他计划。他大踏着步在路上勇迈地走着。他的这股慰藉的略带兴奋的感情，一直到他走到那个池塘的堤上时才弛缓下来，——他见着堤边的柳树下站着一位女子。到了相隔不过两丈远时，他认出了这竟是蓉姊在望着他发笑。

“原来你也偷着出来了么！刚才在沙塘沿那面听说叔父他们已经罢课了。”丘立强步上前去先报告了这个消息。

“我却比你先晓得！他刚才回来讲过了。并且说今晚在黄教授那里商量什么，不回来吃饭，所以我才出来走一走。”

于是两人的活泼的谈话开始了。这里不比在家中——要拘束什么。丘立说：

“蓉姊太用功了，应得时常出来走一下才行。”

可是蓉姊的脸上微微现出一种苦笑。从来总是含蓄的眼睛，现在却无拘无束地转动着：

“这也说不上用功：不过我想早点考上一个学校，好算一桩事。免于听叔父的那些闲话。恐怕你还记得；你初来的那一晚上，他不是对你说他‘拖着一大网人’么；我在房门上听得清清楚楚，这‘一大网人’就是暗指着我。这话真不知他说过了多少次数呢！”

丘立这才完全明了了那一晚上在过道上所见着蓉姊的忧愤不快的原由，以及平常戚戚寡欢的道理了。这时突然一股暮风吹来，把蓉姊的青丝葛裙卷得高飘，使她急忙屈身下去按住，一面又邀丘立再到前面的空地上去走一走。

“可是蓉姊总还算比我好，用不着跑街呀！”

两人都不觉启齿笑了。蓉姊说：

“我若不是一个女儿，恐怕早就跑起街来了。去年考落了学校时，他差不多骂了一个礼拜，说：这样不中用，一点独立性都没有，以为有依靠处就把学校不打紧……”

蓉姊的脸上渐次染上了红潮，似乎随着这过去的解释而兴奋起来——

“其实这学校的落第，也不能完全怪我。隔考期还不上一礼拜时，我们还在乡下。所以头天赶到，次天便考；坐在教室上还像坐在船中一样——头晕眼花的。你想那能考得好……”

这样边走边谈，他们已经穿过了堤上的许多柳树，走到一幅空地上来了。地上虽铺满了青绿色的茸草，但茸草下面却是凸凹不平的秽土，处处堆着无限的砾瓦和残砖。旷地的中央，兀立着两堵灰色的残墙，在那里纪念着：这是一幅繁华过的土地，而今却早被太平天国的革命矩火烧焚了。走到这两堵残墙傍边，他们便停伫了；丘立将挟着的杂志拿来垫在一块方石上面，让蓉姊坐下，自己却站在傍边，用脚尖来踢弄着青草和瓦片。

“所以我想今年若考进学校，我便搬到寄宿舍去住，考不起，我也想去学看护去了。现在第一是无住处，同时母亲又不放心，苦苦地一定要我住在叔父处，不然，我早就要搬了。不过，丘立，你也须得有个计划，你将来打算怎样呢？”

一直到现在，丘立都没有说话。他只默默地听蓉姊解释那从来的水汪汪的黑眼内所含蕴的一切。现在忽听得蓉姊转身来问他的计划，突然间竟找不着适当的话来。这样，略略停了一下，他才说：

“没有计划。就是泛泛地计划起来也是枉然。譬如我到南京，何常不是一种计划，但结果还是空的。”

“那末，就是这样当跑街？”蓉姊笑了。

“自然不。不过也不十分想进学校了……”

于是丘立继续说明他刚才与曹孝植曾经讨论过这问

题，解释曹孝植说给他的意见。蓉姊起初听着时似乎有些诧异，但继续则默默地点头，后来终于微微的叹息了一口气，接着丘立的话说了：

“对了！现在真不是一个自由世界。可惜我竟生的是一个女儿命，而又过着这样囚牢似的生活，不能像你那样能随便走动！真的，一个人孤独起来，便什么也不知道，什么也不长进的。”

四周的暮霭愈渐浓厚起来，远远看去，只有他们两个模糊不清的黑影，现露在旷地中间。这时他们两人都觉得是回去的时候了：蓉姊先站起来拍着裙上的泥灰，然后两人从苍茫的暮色中走回家去。

溜进家内时，婶娘的房中已点起了昏昏的洋油灯，而且还隐隐地听着似有人在哽咽哭泣。他们两人都惊异的相顾无语，猜想是叔父已经回来责骂了婶娘。可是这显然又有些不对，他们到处都见不着叔父的影子。后来蓉姊大着胆子走进房内，果然只见婶娘一人在对着一盏孤灯流泪，手上仿佛还拿了一点什么东西。小弟弟睡在床上不曾醒。

见着蓉姊进来，婶娘才拂去两颊上的泪珠，将手上的东西递过来，一面还一抽一抽地哽咽，说：

“是从……衣包中搜出来的。他时常逗着小娃玩，说要跟小娃接一个新妈回来……你看……里面写的什么？”

是一个桃红色的信封。信笺也极妖艳。可惜蓉姊有些看不懂，仅仅认得几个字的婶娘自然不必说了。这原因是：信笺上除了稀疏的中国字而外，还有许多扭七扭八的东西。移时丘立也进来看，但仍然是懂不透彻。大家都只能估定这是日本女子的笔迹罢了。

三个人谈论着。婶娘还说叔父近来脾气的暴躁，恐怕也是为的这个原因。丘立和蓉姊有时虽勉强说这或许不是女子写的，但婶娘却知道这不过是他们在想安慰她而已。

可是他们这样谈论不久，外边的大门上，忽然又来了一阵“嘭嘭嘭”的拍击炮似的扣门声响。婶娘急忙将信笺装好，还到壁上的衣包内去，蓉姊也静静地回到自已的房中去了。不过对这样“鸟兽散”的情形，丘立再已不感着惊异：这是大家一听着叔父回来时的照例文章。

八

罢课匆匆地经过了一个礼拜。罢课派虽然有省政府的秘书作后盾，坚持着强硬的态度，但校长派亦不肯轻于示弱。在这种两势相持的状态下，显然须得一个新势力出来转换局面。罢课派觉悟了这一点，便想先来实行抓着学生的政策，裨用暴力来驱逐校长。这个策略，自然仍是出自黄教授的心裁。

可是叔父的脸像，却随着这两派搏战的加剧而愈现出焦燥。他从罢课的“策源地”——黄教授的家中转来，都是独自闷坐在书房里。这种怏怏然的来源，在他，是很复杂：学校事情的不如意，婶娘那附修补过来的肢体，蓉姊和丘立等的连累，固然都是其要素之一，然而归根结果，还是那留守在东瀛的一位候补夫人的时时寄来的信。起初他尚有很快就能凑足一万元的自信，但现在周围的情境，不惟使他感觉这自信快要成幻灭，而那位候补夫人之急欲得着“实缺”的相催，亦愈渐节节地逼人而来。

他每一次在书房内读了一封桃红色的信后，一闭目下来，便见有一位飘然的日本女子，从草席的垫褥上起来，用两手抱着他的双肩，倾首带怨地向他诘问：

“你的妻子几时离开你？我几时才能踏着贵地？你不是说一万元就可以打发他们走的么？你是否有诚意？是否有这个能力？你先就不应当诳说你无室，你现在还再来诳我枯守在这里么？”

这女人说完了后，仿佛很憨怨似的，把他向后一推，但他马上又见着一个无辜的小孩，睁开两只黑黝黝的瞳仁，无言的望着他，心中仿佛在说：

“不，爸爸，万一你要扔我，亦须得为我豫备五千元的养育费，妈妈也要五千块才行。”

关于婶娘，他本是无所顾忌，很可以斩钉截铁地与她离婚。可是自己的儿子呢，他却没有讨厌的理由；那红红的两唇，苹果色的双颊，天真的蹒步，无邪的顾盼等，都紧紧地粘贴在他的心坎上，使他一念及割弃时，便感得心内恻恻地隐痛。可是就这样妥协下去么？那双八字形的小脚，母猪似的身材，蠢迟的举动的旧式女人，无论如何也敌不过那有媚人的双瞳，起肉感的四肢而又带妖艳的现代女性。

在这种色情的追求和良心的苛责的夹攻中，叔父知道他唯一的出路，是在准备一万块钱的离婚费，而且这个计划，是他在日本时就同那位异邦的候补夫人共同豫定了的。可是他一回国过后，才知道中国还不曾为他准备一个安静的大学教授的环境，使他的月俸不折不扣，而且学校的风潮亦时时风起云涌，连教授的地位亦摇摇欲动的。这样，他遂渐变为神经质，渐变为焦燥易怒了。在从前，的确如丘立的想像，他尚不失为一个簇新的人物，他劝家族中的人都应当去读书，自然也劝过丘立的父亲，劝过一乡的青年子弟；可是现在他管不着这样多了，他的唯一的问题就是一万块钱，所以丘立和蓉姊的招白眼，从客观上说来，也可说不能完全归咎于他。

在这种背景之下，关于罢课的意见，便不得不常与黄教授起冲突。黄教授主张要彻底地推倒校长，叔父则以为可以在相当的条件下便实行让步。黄教授的内心以为：赶走了校长，说不定可以借省政府秘书的力量来对这个位置染指一尝，但叔父的私念则是：这样的孤注一掷，似乎对于位置上不免有些冒险。因之对于黄教授近两日所积极主张的拉拢学生来使用武力的政策，叔父则故意不出席罢课委员会来作消极的反对。

一天，叔父独自锁在书房内纳闷，而他的心却飘飘地飞翔到海外去了。他是住在一母一女的日本人家中，母的便为他每天炊饭，女儿从学校回来，便时时到他房里来补习功课。一直到当时，他尚不失为一个谨严之徒，他的房内，常常高挂着从曲阜买来的“圣像”。他主张用国家的钱的留学生，总得要为国家建功，实在不应在出国后的第一步便来闹离婚。他以为那蠢蠢蠕动的无知的发妻，实是社会所造成，这社会已经给了无限的苦痛与她们。吾们实无再来作“火上添油”的权利。所以他不特不曾宣言过要离婚，而且还时时劝着许多同类者起来共同牺牲。可是自从他与那房东的女儿接近以后，他关于旧式婚姻的论调，便渐次改变了，而且也能够言之成理。他说：那些受着婚姻的痛苦而又不离婚者，实是增长社会的因循，那些成千成万的旧式女子既是社会所造成，这个罪咎当然还是由社会来负担。不过这种“名论”的根源，还是由于房东女儿的那双丰满的赤脚，那入浴过后进房来发散的肉香……所以现在他不出席罢课委员会而独锁在书房内的时候，他亦飘渺地看见一位日本女人紧靠着他跪着，白颈项的一阵粉香和肉香，老实在牵引他要像饿鹰似的扑过去，连大门上的扣门声都不曾听着，末了还是丘立来通报厅上有学生来会面时，才把他的一片回想打断了。

踱过天井，走上客厅来，叔父想这一定是黄教授所抓住的学生来请他出席罢课委员会的了。然而一见面时，才使他吃了一惊：凳子上坐着一位穿短装的客人，却是素来对“东洋帮”的教授不客气的二年级的学生。

见着叔父进来，这位学生便很庄严地站起来：

“我今天是想来问问先生关于罢课的意见的。先生虽是参加罢课者之一，但我们也知道先生并不是主动者。”

学生的一只手插在裤袋内，简单地这样说明来意，脸上满是要开谈判的样子。叔父想这定是有些乱子在内。他努力装起一副威严的口调说：

“一切都有罢课委员会的主张，我个人并没有什么特别意见。”

“不过罢课已经是一礼拜以上了。先生们虽然有所主张，但是学生们的牺牲也就够大了。这一次的内幕我们也知道一点，所以我们特来请先生先行复课的。”

“这，我可不能简单地回答你，这是须待罢课委员的决定。”

叔父的话刚完，他见着学生已经从裤袋中把手取出来。又插进衣包内面去。

“不过今天我是代表大多数来与先生接洽的。希望先生考虑一下，在三天之内给我们一个书信的回答。”

学生说完后，便从衣包内取出一封公函似的信件来递与叔父，便又匆匆地去了。

叔父回到书房把信拆开；他先看见末尾上的署名是“学生复课运动委员会启”。信上所写的，大约与刚才的学生所说的相同，不过措辞也颇为强硬，而且末了还加上“如先生等继续固执罢课，则生等也只好起来拥护学生的利益”一类恐吓的口吻。

信被扔到棹上。教授的两手托着颧骨，他想事情是愈来愈糟了：黄教授要想抓住学生，而学生却被人先抓着了。以后的事情，明明不知是谁胜谁负。爽性去复课罢，这又颇觉有些对不住朋友，而且自己的这一份饭碗，也是黄教授介绍的；继续坚持下去罢，然而前途却又那般的渺茫。他一时不能得一个办法，他只是愈坚信非早加妥协不可了。末了他决然地起来去把那爬在墙壁上的帽子抓下，打算到黄教授处去一面报告刚才的事情，一面想借此来坚持他的“妥协”主张。可是他刚把大门打开，他便几乎与人撞了一个满面；而且他见着那附平常见惯了的细小的眼睛睁得很大，素来灵活而锐利的两只瞳仁分外地转动得快。这正是黄教授来了。

“你打算出去么?”黄教授抢先说。

“不关紧要；正打算到你那边来谈一谈。”

黄教授同叔父再回到书房来坐了。

叔父本有一番大道理要吐泻，但现在反被突如其来的黄教授压哑了腔。黄教授不特两只瞳仁转动得快，而他的舌尖也是加速度地滑动着。他先说这次罢课的胜败，是东洋帮教授的生死关头，次说到他已经得着了许多学生的拥护，末了更“晓以大义”似的，要叔父积极起来。

“可是我知道的正相反，”叔父终于把刚才的学生的信拿来递与黄教授，“学生拥护的不是我们而是他们呢。”

但叔父的话显然并不曾因这封信而生效力，他见着这信壳从黄教授的手中打了一个转，便仍躺到棹上的原位去了。同时他又听着黄教授满不在乎似的，说：

“不要紧，我那里也有一封。我已经调查明白了，这不过是少数学生干的。叫几个人起来否认了就是。要紧的还是大家积极起来。”

叔父的满心的“妥协”意见，就这样起云不下雨的被冲散了。

但是黄教授走了过后，他便又有些悒悒不乐。黄教授虽确已抓住了一批学生，但胜败总还是未知数，而且纵然结局是胜利，但那凑足一万元的欲望，并不能忍耐地等待这样辽远的东西。

到晚上来，天气忽然变得异常的郁闷，而且温湿的南风吹来，使人身上觉得异样的发燥。叔父在晚饭的棹上，始终不曾开一句腔，脸上正与天色显出同样的沉滞。他觉得眼前一切的人都是他的仇敌，无论婶娘，蓉姊，丘立，都是一样。他毫不愿见这些人，他只想一个人孤独的居住。及他回到书房来，把那上了锁的抽屉打开，取出一个桃红色的信封来拿在手上，他这才觉得心内温和了些。于是他乘兴又把那放在最下层的旧信也翻了几封出来，想借此来把自身的抑郁的感情陶醉着，这时他更不愿有一个人进来打扰他了。

可是当他正展开了那纤秀的信纸读着时，便忽又不得不急把它塞到抽屉内去，他听得有叩门的声音。

进来的是丘立。手上还拿了一部杂志之类的东西。叔父的脸色还来不及表示出讨厌的动作时，丘立已经把杂志摆在他的面前了。

“我这个地方有些看不懂，什么叫‘迭克推多’呀?”

叔父机械地接过杂志来看时，他的脑袋还满装着“我最亲爱的哥哥”，致眼睛有些看不清。他再看。果然才“迭—克—推—多”一个个的映到脑内去，用劲地把“我最亲爱的哥哥”之类的字赶走了。可是仍然不懂是什么意思。这回他却略感着有些发窘了。在物理化学的书上，确不曾看过这样的字。但不知怎的，他却不愿说“不懂”。于是第三次又来看上下文，可是仍然觉得有些生疏。末了他才把杂志的封面翻来看。他的眼珠不转动地在那“路碑”两个字上面钉了许久，他的发窘的双颊便突然转成了勃怒，忽的“扑撕”一声响，杂志在空中一掠，便飞到墙头的角落上去了。

“吃！真糊闹！无事来看这些东西，过两天你怕真要来革我的命了吗！”

这两句话像突然霹来的电闪一样，使房中登时弥满了险恶的空气，豫兆着将有一场暴风雨的来临。可是丘立现在不知怎的反异常平静，既无从前的畏缩态度，也不因叔父的权势而兴奋。他只不轻不重地很清晰地说：

“不懂的话，大家说‘不懂’就是，何必话这样多呢。”

从未听过这样的话的叔父顿时哑住了口，脸上发出紫青色来。他木呆地把丘立望着，想一定是有鬼附在这小子身上，才有这样不平常的话说出来。隔了许久，他才颤抖着牙腔说：

“嗯，你这是什么话！几时学会说的？我好心好意告诫你，你反来这样抵触我！”

“那末连这句话的意思也好好地告诫我就是了，何必动手动脚的呢。”

“哼！你这不知恩的东西，留你在这里，倒不读正书，反来刁蛮！”

“你说什么？我不懂什么叫‘不知恩’！”

“那末，我问你：你现在吃的是什么人的饭？倒看不出你这样的人小鬼大！”

叔父把椅子向后移动，从新装势地坐好。宗法式的威压和漫骂既失了效力，这才把最后的催命符拿了出来，同时表现出“看你还有话说否？”的样子。可是他见着丘立仍然不动，还是用着那个冷冷的腔调，又在说了：

“啊，原来说的是‘饭’哟！不错，的确是吃过你几顿饭的；可是你却忘去了：请一个跑街也得要吃饭。那末，现在我说我这一面罢：我家里的谷子不够拿粮，不够上税，我缺少的是钱，所以我才跑出来——以为你们这样受过高等教育的新人物，一定可以设法使一个想读书的人得着书读。现在我知道我这样的想法是错误了。可是我也不是白吃你的饭，我跑街，我携带小孩，但我都不曾要过一文工钱。”

丘立更期待着对面的更激烈的漫骂飞来，可是反因他这一段话而平静了。叔父知道了丘立并不是有鬼附在身上，而完全是前后若两人了。为什么变的呢？他想这说不定就是那躺在角落上的“路碑”在作祟。于是他终于改换了口调说：

“丘立，这原来是你一句一句的硬顶上来，才惹我发了气——说出这样的话。我并不是不理你，再隔一晌，我便打算介绍你到大学去读傍听的。不过你不应读那样的杂志，要好好的学为人，不要跟着人学糊闹。”

“谢谢你。可是我已不再想进什么大学了。从前倒还把它看得神圣，以为那里面的人都了不得——能够改造中国，能够为人民谋幸福。但现在我总算是明白了——或者叔父比我还知道得清楚些罢，现在的大学实是跟粪缸一样的污秽，只不过养一批‘狗打架’的粪蛆似的人在那里争饭碗罢了。”

叔父的脸又泛上了紫青色，而且恢复了从前的险恶，最后的忍耐的袋囊，仿佛快要被这有刺的话刺穿了。望着他那不合鐏的牙关一动，电闪似的，便迸出如下的几句凶暴的话来：

“滚出去！你懂得什么！我没有几多空闲来同你讲废话。你高兴什么就去作什么罢。以后用不着住在我这里了。”

正在这时，房门忽然打开了。门上现出婶娘的圆圆的有些惊异的眼睛，仿佛已经在门外站了许久。进门后，她才用调解似的口吻说：

“丘立，有话明天讲，快去睡罢，你叔父近来的脾气不好，你莫要见怪他。”

“自然是要滚的——”

奋然地说了这样一句，丘立即到角落上去拾起杂志来，走了。走出书房来，他见着蓉姊也在天井的黑暗中站着。

九

曹孝植躺在床上看新买来的《叛逆的朝鲜青年》。棹上一锅清水四季豆煮得霍霍地响，打气炉也正烧得起劲。

这时门外忽然哗的一声响来，打断了他的注意力，掉头过去，天井的角落上的漏水洞正涌满着污水，而且溅了许多到门内来。他知道又是房东太太从楼上泼了些什么。阳光闪闪地在染了水的青苔上反射。太阳脚快爬上了墙壁。但孙丘立还不曾回来。

曹孝植忽然记起四季豆是应得离水的时候了，他急忙翻身起来去找盘子，打算捞起来凉拌。他与孙丘立在这里共营着自炊的生活以来，快近两月了。当孙丘立来说已经与叔父起了冲突，不能再搭留在叔父家中时，他遂满口承认为丘立设法；租房子，搬家具……都是他一手包办。此后他完全把丘立看待如兄弟一样，用钱既不分彼此，而且事事都帮忙筹划。

而丘立搬出了叔父家后，又竟意外地发了一笔混财；这原因是有一天曹孝植忽然转来要他赶快到一个补习学校去办一张“在学证书”，说是在北京的四川学生，也因为无法维持生活，闹着要分川汉铁路的余款，而这笔款项的分配，南京的川籍学生也派代表去闹了一份来。所以只要有“在学证书”的人，都可以照分。这样，丘立在不明不白中，竟领到了五十元意外的款项，使他的生活暂时得以维持。

曹孝植在一盘四季豆上淋好了酱油过后，又打算去拿他的《叛逆的朝鲜青年》。可是刚一转身，他见着天井内有一团青湖绉裙子在飘飞，裙下一双丰润的女人脚走来，而且有一对漆黑的瞳仁在向他微笑。是蓉姊来了。自从曹孝植与丘立同住以来，她总是偷偷的来玩，而现在已经是彼此很亲熟了。

“丘立出去了?”蓉姊踏进房来先问。

“去找他的新朋友去了；他这一晌总是在外面跑。”

曹孝植说后，即从新把打汽炉的火抽大，豫备烧开水来待客。

“又找施璜去了么?”

“不是。他这朋友，想来你也是很熟的，不过你万难猜着这是什么人。”曹孝植瞧着蓉姊笑了。是亲热的无拘束的笑。

“我也很熟?”蓉姊偏了偏头，很快地又说明她并没再有一个认识的人在这里。可是她又见着曹孝植收住了笑容，很老实的肯定地说：

“包管你是认识的，——一点儿也不会估错。”

“我不相信!”蓉姊仍然摸不着头脑。

“那末，我问你：你到过时衷书店么?”

“到过。”

“对了。就是那位亲自包书，亲自开发票来递与你的那位小伙计。——不是你很熟的么?”曹孝植把这闷葫芦揭穿后，得胜似的望着蓉姊，这才两人都泛上意外的微笑来了。

于是蓉姊的脑内想起了那位穿老蓝布衣衫，耳背后总是插着铅笔，客来便招呼客，无客便拉着书来读的徒弟的面影来。怪不得曹孝植不肯一口说出，真猜不到丘立会与这样一个陌生人发生了交情。这样想了不久，便有一缕寂寞的感情，忽地涌上她的心尖上来，使她不得不敛去了笑容：她想丘立现在已经是处在海阔天空下的无拘束的雄鸟一样，可以振翮乱飞了，而自己则仍然是绑缚在一只囚笼内面，天天过着那般的阴沉的生活，天天受着环境的压迫。尤其不可忍耐的，就是近来时时都觉得胸里郁积了些什么，想要发泄出来，但却找不着一个发泄的对象，因之反时时都感觉胸内只是空洞洞的。

“蓉姊（曹孝植总是跟着丘立一样地称她蓉姊）也觉得丘立的这朋友来得稀奇么？”

听着曹孝植的声音，蓉姊才猛地回省过来，努力恢复了她的常态，但脸上却留了一抹寂寞的痕态，说：

“倒没有想他这朋友怎样；不过我想我也是一个男子就好了。”

“为什么呢？”

“可不是么！我最近愈感觉女子的不中用——总是没有一股毅力。也许这是由于现在的社会不许女子出来乱闯，但这样的懦弱，女子自身恐怕也要分一半的责任。可不是么！丘立比我后进牢笼，却先挣脱了出去，而我还是从前的我。”

蓉姊忽然把话停下，不自觉地叹了一口气。曹孝植这才懂得了她的话的意思。但因为蓉姊住的地方，毕竟又是一位亲叔父的家庭，而对方又是一个女子，竟使他暂时不知怎样回答才好。所以他略为惶惑了一会，仅能说出如下的几句普通话来：

“自然照你现在的环境说来，是太过于孤僻了。不过我想这也需不着用怎样的毅力来摆脱，只要一考进学校就好了，那时朋友自然会多起来的。”

可是蓉姊摇了摇头，表示出事情并不是如此简单。

她略为沉默了一下，才慢吞吞地漏出了如下的两句话：

“我恐怕学校还不曾考起，已经由一只囚笼被赶到另一只新的囚笼去了。”

话声有些发抖。而且说完过后，便双颊发红，把头埋了下去，似乎不知道这两句话应当说出来与否。一面曹孝植也因此而起了警愕：他诚然也知道蓉姊的环境不单是“孤僻”而同时也有些经济的束缚和宗法的压迫，但他从不曾想到还有超乎这样以上的更复杂的事件。这更复杂的事件是什么呢，蓉姊自然还不曾明白地说出，但从那泛着红晕的颜面，及那俯视着的润湿的眼睛看来，显然这决不是一个孤独柔弱的女子所能解决的。他想探听个究竟；但恰巧这时蓉姊又抬起头来，勉强地发笑，说了：

“倒也没有什么。不过我不愿意别人把自己当着物品来赠送；如果我有个女朋友也好——可以商量怎样办，但现在我是与什么人都隔绝了的。”

“那末，我想有事总可以同丘立谈的吗。”曹孝植终于这样插了一句。

“何常不曾这样想过；不过当时事情还不十分明显，而丘立又是那样的年轻，就讲，恐也得不到一个主见。——”

蓉姊的眼光，现出一些期待的神色。声音是那样的细微，仿佛像一个受了屈的小孩一样。曹孝植这时似乎也看透了蓉姊的心情，他一面警诫着自己的话不致失于鲁莽，而自告奋勇地说：

“那末，蓉姊，你万一有为难的事，可否把我当成丘立一样，说出来彼此斟酌；我虽然懂不得什么，但说不定也有足以供蓉姊参考的地方。”

果然蓉姊在嘴角上现出了温柔的微笑，一面俯视着自己在裙上抚弄着的手指。暂时是感谢的沉默。

“还不是那些麻烦事。从前我就有些疑惑：叔父到处都不准去，什么人都不准见，偏是黄教授一来闲谈，他便时时要我出去，借着事故使我与黄教授谈话。后来丘立一来，又遇着罢课的事发生，这种现象才暂时好了些；可是现在黄教授又时常来往了，而且到了前两天来，我才知道我从前的疑惑并不是虚疑——”

蓉姊谈到这里，便又把头低了下去，似乎有些迟疑难言；但曹孝植已经猜着大半了，他很明白的反问过去：

“是不是谈到了婚姻问题？”

蓉姊寂寞地笑了笑，视线无目的地向着天井移去，后来才终于明白地说了：

“是前晚上的事。婶娘忽然到房间来对我说，黄教授还不曾结婚，而现在在社会上的地位又好；婚姻早迟都要决定的，问我的意思怎样。我当时说我还想读书，不愿这早就谈这些问题。可是婶娘又说这是叔父的意见，黄教授既系叔父的老同学，而且对待我们又不坏，连叔父的大学教授的位置也是全仗黄教授的力量。婶娘说时，暗暗好像指明叔父已经是这样决定了。”

早已猜着是女子常有的问题，但却不曾想到这对手竟是全校骂为“小鬼”的黄教授。曹孝植不知怎的也有些不满意蓉姊落到这样一个人的手中。他急带着颇有些耽心的口吻问：

“那末，后来你承认了，还是拒绝？”

“也没有承认，也没有拒绝。”

竟是这样无力的回答。而这无力的回答更激动了曹孝植的不安，使他不得不热心地说出自己的意见：

“这样可是不行的。如果本人愿意，那根本就无问题，如不然，那就非早点表示出决心来不可。这样的事，一犹豫便往往要失脚的。对于黄教授，我不想说什么；不过我以一个朋友的地位来说——”

“那是不成问题的；而且年龄又相差得那样大！”

蓉姊这时忽而坚决地抢着说了出来，重新表示出她的为难，并不是在估定黄教授的好坏上面。

“所以为得保全一个人的人格计，蓉姊，你更不得不下个决心来准备，若不然，事到临头时，便只有束手待毙地屈服罢了。”

蓉姊颠了颠头，表示采拿了曹孝植的话。但随又喘了一口长气，含糊地说：

“所以我想我是一个男子就好了——想什么就什么作；而女子总是顾东顾西的!”

蓉姊说后便忽地记起了她是借故出来买书的，不能够久留在外，于是她不待丘立回来，便先走了。留了一些不十分明了的弱柔的话语与曹孝植。

孙丘立回来时，曹孝植已经先吃过饭，正在洗碗了。他一走进来，便把腋下挟的杂志往床上一扔，比了一个叔父摔《路碑》的姿式。

“真倒媚！别人提起就扔的东西，偏有这样多人读。今天上街走到下街，所有的书铺都走完了，才在一家小店子内买到了手，但是已经只剩这一本了!”

“龙华不曾为你留着么?”

曹孝植揩干了手，走过来把杂志翻开，他见着第一篇是“对于将爆发的江浙内战应有的认识”这样的一个题目，同时又谈起时衷书店的小伙计龙华来。

“已经不在店铺了，问起那年纪较大的一个来，才知道是回家去了，原因是为的与老板闹了架。”

肚子空了的丘立，这样简明地回答着，一面便去找曹孝植吃剩了的饭，留下曹孝植来一面翻着《路碑》一面作了如后的感想：

“又增加了一个！怪不得许多人发生了恐惧，这东西正在到处抓着人的心尖，把叛逆的火种点着呀！”

原来这龙华也曾在乡间住过高等小学。因为在家的父亲贪图每月两元的薪水，于是毕业过后，便在这书店中来开始了学徒的生涯。但是他的青年的求知的欲望，并不因此而消灭，一有空时，便拉着傍边的书报来贪婪地乱读。他尤其看中了《路碑》，因此于不知不觉中，也对于那些买《路碑》的人们特别怀着好意。正在这时，《路碑》总是一到就卖完。他常常见着丘立走来扑了一空，于是他便告诉丘立承认《路碑》到后，每期都为丘立豫留一份下来，这样，他们遂从此渐由相识而变成朋友了。

丘立泡起开水来吃了两碗冷饭，不久便又一溜就出去了，说是要到施璜那里去。也诚如蓉姊的羡慕，他现在的环境，是海阔天空的了：虽然生活是比较地更无保障，但他毫不介意地总是在外边去乱跑，跑到哪里吃哪里；万一在各处的朋友处都把饭赶漏了时，率性就抱起肚子来饿一顿，丝毫不表现一点悲哀。

对于丘立的这种情形，往往使曹孝植发出惊异来：放弃住学校的念头，对叔父尽管用不着客气，找一个适当的地方去改良社会，这一切都是他教给丘立的，但他万不忆丘立竟雷厉风行地实行得这样快，而且竟超出了他的豫想的程度。他本来叫丘立多认识几个人，朋友多了，自然可以找得到一条出路，但现在丘立认识的人，已经超过了他所认识的，而且还有许多竟是他认为可以不必往来的不三不四的家伙。因此，他对丘立所起的惊异，有时竟会转成为一种疑惧，以为这是有些近乎“流氓”。

可是这天丘立走了过后，曹孝植的脑内却萦回着蓉姊的问题。黄教授不特在行为上和思想上都是可卑鄙，而且那双老鼠眼睛和那幅鬼祟的面孔，一见就令人讨厌。蓉姊的态度，显然还不曾十分决定；使她诱起抵抗的，似乎不在黄教授本身的这些缺点，而仅是不满意于叔父的专断。后来他又想到蓉姊的肥润的两脚，玲珑温和的面孔，面孔上的笑窝和大的黑瞳眼等，竟要受黄教授那样的一个人物的拥抱和占领时，他忽然感觉胸中起了激烈的跳动，面颊顿时蒸热起来，使他不可忍耐。他急忙把这幅可憎的幻影逐开，从新假想着拥抱蓉姊的不是黄教授而是另一个人；可是他更惊骇起来了，——仿佛这人也马上便成了他的仇敌；于是他急忙从凳上纵身起来，倒上床去抓着被条来紧紧贴着胸脯，似乎拼死也不肯失掉一件东西似的。

约莫过了十几分钟时，他才自制着突突发跳的胸口坐起来，幸好面前谁也不在。他打了个微笑；努力地想把理性恢复过来。他觉得从前也喜欢蓉姊；但这始终不过是像爱好公园中的好花一样，从不曾想过要独占，但是现在一听见有人要来攀摘去插在私人的案头，便连自己也就发生了不愿放弃的心了。

蓉姊转去后，心里也起了更剧烈的激荡，更加紧地混乱了。她从前的心窝是一湖澄明的清水，虽也不时地在起波纹，但这还不过是为的学校问题，经济问题；但自从有黄教授的问题发生后，她便觉得有一个巨石投到了她的生活的中心，在那儿诱起的激浪，还一层层地向着她的全身推播。这个巨石，自然便是婚姻问题，而所诱起的第一个环浪，便是她的婚姻的对象。因之先投来的巨石现在已经落到了底而且在那里安稳了，可是这第一个环浪却在那里委实用劲地鼓动着第二个第三个以至于无穷的其余的小纹。

为第一个对象的黄教授当然使她不满，但她却没有马上拒绝的决心，这因为违背了叔父的意思，便要受着经济和宗阀的两重胁威，而且没有一个强大的外来的第三者来补充黄教授的位置时，她的心也是空虚无力的。

可是今天回去后，她的心情又是两样了。黄教授的影子逐渐缩小，眼前时时闪现着一个曹孝植来。虽然已经是相见许多次了，但她今天不自觉地却重新来开始审定曹孝植的身材，细想他的面孔，揣度他的性情，仿佛一切都是今天才初见，一切都是新的。到了晚上来时，心里益发紊乱，使她坐立难定，而且有时竟不自觉地在脑内画出了一些幻影，使自己发生羞怩，致不得不急忙倒上床去紧闭着眼睛。但这甜蜜的恍惚刚继续不久，便被一些现实而更严重的问题冲得七零八散了。叔父是否允许我？不允许又怎样办？决裂了后的生活问题又如何解决？不得已时还是屈服下去承认黄教授？——这一大串问题，像巨大的铁链似的紧紧地捆着她的身体，使她愈感觉自己的孤独，愈觉得需要一个第三者的力量来帮助她。在这样极端的恍乱和兴奋过后，忽然一股辛酸的悲意，软绵绵地涌上胸窝，床被上顿时滚着几点泪珠。他想起了早死的父亲，想起了家中的慈母，更想起了慈母重重地将自己托付与叔父，结果竟增加了叔父对自己的权威。后来这些悲酸的回忆慢慢地阻住了她的泪泉，脑内虽然仍是恍恍惚惚的，但全身却觉轻松了许多……不知到了什么时候，她忽然见着黄教授开门走进来了，可是也不曾来和她谈话，而这房间仿佛已是他们新婚后的住家。她正在疑惑：没有谈过一次心，没有相互的理解，更没有爱，就是这样便结婚了么？可是转瞬她又见着黄教授站起身来在慢慢地脱衣服了，面孔是叔父对待婶娘时的面孔，呆板板的，鼠眼也显得更小。一时黄教授的衣服便脱精光了，而且快要向她的床上爬来；她警骇得发抖，她急想躲开，可是已经来不及，黄教授像幽灵一样，紧紧地抓住了她的臂膀，使她毫无挣扎的力量。正在这时；她忽然听着有人在猛烈地拍门，声音震动了全屋，继续便是哗啦一声响来，门板顿时成了粉碎，一个不认识的人猛地闯进来了……她急忙睁开眼来，只听着心脏跳动得快往外溢，眼前却什么都没有，自己的身躯，冷冰冰地躺在床上，棹上的洋油灯快要熄灭了。她略定一定神后，才一面起来整理床铺就寝，一面回忆着刚才的恶梦，寂然地笑了。她想屈服下去后的结婚生活，或者也不过如此而已。这时身上不觉又打了几个寒噤，她才急忙脱了衣服躲到被窝内去了。

十

时间匆匆地又走到了礼拜日。天气异常的阴沉，外面下着微雨。

近来施璜想组织团体的志愿果然已成了功，由许多爱读《路碑》的朋友成立了一个“时势讨论会”，曹孝植和孙丘立自然都在参加之列，而今天恰又轮到了会期。

在未赴会之前，丘立便有些兴奋，不断地在地板上踱来回。这因为在上一次的讨论会上，由施璜处听来了黄埔军官学校最近要在上海招考学生的消息，而招考的确期施璜承认在今天告诉他，他认为这是一个绝好的机会；不特目前的生活问题可望从此解决，即要返还从来所受的耻辱和压迫，这也是一条独一无二的出路——亦即是曹孝植所说的“找一个适当地方去改良社会”了。

可是今天曹孝植的心境，却恰与丘立相反。他默默地躺在床上，眼睛无目的地注视着天井，仿佛对那蒙蒙的阴雨，怀着无限的恨意——虽然他的烦闷完全是与雨无关。自从蓉姊的问题发生过后，他觉得自己陷入于一个不可解决的矛盾，而且是愈陷愈拔不脱。这是因为他近来对于蓉姊愈感觉放不开心，而家乡的早已作了妻子的姨妹，却又在心里阻挡着他，使他不敢无挂无碍的进行。他自然亦知道现在的离婚，早已算不得一回事，但自己总无勇气来掀起这一场风波，使那为自己包办婚姻的老母，在终年的时候来受苦恼。如果是别人处着这样的情形时，他很可以告诉他怎样办理，但不幸这当事者却又是本人自身。

“孝植，到上海的路费统共要多少？”

曹孝植急忙把注视着天井的视线收回，知道了丘立的踱方步，原来是在计划着自己的前程；他眼望着这位勇往直前的朋友，不觉对自己现在的沉溺的心情，抱了无限的羞愧，而且渐有些疑惑自己是一位常常理解得到却做不到的人了。于是他无心地随口地反问道：

“你真的想去投考么？”

“不去怎样办！久停在这里也不是话。”

丘立在床前停伫了脚步，很热心注视着孝植。但曹孝植已经看出了自己刚才随口说出来的话，竟诱起丘立的疑虑了，他急忙翻身起来坐在床沿上，很诚恳地说：

“我自然是赞成你去，为现在，也为将来。不过上海是很复杂的地方，初去时的住所，和朋友的介绍，都应得先与施璜商量周到。”

这时汉口的旅馆中的一幕悲喜剧，忽然重映到丘立的脑内来，所以曹孝植虽然说的是琐碎话，丘立也感得似长兄的教训一样。于是他挨着曹孝植的身边坐下，说：

“这些事我都问过施璜；他说他有一位朋友是在上海的一个‘国民通信社’中负责，而且也与这一次的招考有关。这人便住在上海北火车站傍边的北站大旅舍内，施璜说一去便可以住在那里；所以现在成问题的，还是自己的旅费。”

“横竖不过是一天的火车。我想至多不过几块钱就够了。”

他们正这样地闲谈着，曹孝植忽然发现自己的手表已经到了九点半；于是他们即刻豫备出门，因为“时势讨论会”是十点钟时在施璜处开。

细雨已经停止，一股阳光从乌云的稀薄处射出，使人们的沉闷的心胸，也跟着得了一些快意。他们走进沙塘沿的施璜的宿舍时，已经有几个人先来了。

宿舍正是曹孝植住过的房间，施璜占领着他的旧有的地盘。临壁的条棹傍边围坐着人，而靠近棹傍的床头，也代替了两把椅子。每人面前一本《路碑》，他们所讨论的题目，正是上面所载的“江浙战争的认识”。后来经过了详细的讨论，大家都承认这一次的军阀战争，将更增加一般大众的痛苦，促进人民的革命化，同时也更加紧了封建军阀的崩溃的速度。结果完全同意于《路碑》上的文章的意见了。

“现在南方已经承认容纳革命的势力，这正是大家很好努力的时候。”

在讨论完结之后，照例有一时的自由谈话，而这样开头的便是施璜。

“听说这两期投考黄埔的成份已经与前大不相同，尽都是抱着反抗的青年学生，所以将来的黄埔，一定要成为革命的中心势力。”

“可是洛阳的玉帅也在招子弟兵呀！北方的基础，看来还是相当的稳固的。”

“那不过是封建军阀的最后的挣扎罢了。结果还是要归于失败的。”

“所以现在根本是两个对垒，一面是革命的民众，一面是封建军阀和帝国主义。”

“………………”

“………………”

这样，学生们所特有的活泼而兴奋的议论，暂时无止境的在房间中喧腾着，使丘立愈感觉自身的投考黄埔是光荣而有意义的事。

可是在这样的热烈的讨论会上，曹孝植始终不曾发言；他没有反对的意见，但也没有积极地起来赞成。在议论的当中，他曾见着施璜的眼睛，像有刺似的几次注视到他的身上，使他感觉有些惶愧，因之也几次想要说点话，但当他还在迟疑时，便又几次都被人抢先地说了。

当人们散去，仅剩得施璜，曹孝植，丘立三人时，曹孝植估定施璜会对他有几句批评，可是什么都没有；眼睛虽仍然是像有刺，而话题却转到丘立的投考黄埔的事上去了。施璜说上海的回信已经来了，不过确实的考期是临时通知的性质，暂时不能公开，凡欲投考者，须于本月尾的两礼拜前到上海报到。施璜把投考的手续，上海的朋友的介绍等又详细地说明了后，才终于像下结论似的说：

"所以你现在是须马上动身的时候了。"

曹孝植同丘立回到寓所时，已经过了两点。他们一走进天井，便见着房门是半开着，而且里面仿佛还有人在。曹孝植心里跳动了一下，他猜定是蓉姊来了。可是及他踏进了门阈，他才知道不对；房中确是站着一个人，但一刹那间竟认不出是谁，而丘立却早已跳到那人面前去拉住双手欢呼起来了：

"呀！稀客稀客！"

这时曹孝植才认出来了这便是时衷书店的小伙计龙

华。还是穿的那件老蓝布长衫，但不知怎的，一出了店门，连身上的那股店员气味便都消灭，而且面孔的轮廓也显得有些不同了。

“你不是回家去了么?”

丘立在倒开水的时候，曹孝植便先这样打招呼。

“对了；现在刚又出来的。”

“听说你同老板吵了架，怎么又会转来呢?”

一杯开水递给龙华后，丘立便插进来这样说，颇为这位环境相同的朋友担忧。

“是呀！但是回去又受了老头子的一场臭骂，所以现在是两头受着压迫!”

“那末，还是打算回时衷去?”

“家里的老头子倒是要我这样，但是我想不干了；当店员真苦不过，何况又闹过架!”

龙华颇显着有些彷徨的神气，末了又说出他现在是暂住在栈房里。

这时曹孝植忽然挨进丘立，像献计似的，小声地说了两句话，丘立的脸便即刻充满了喜色，掉头过来向龙华说：

“你何不去投考黄埔军校；他们马上要在上海招考，我已经决定要去了。”

“嗯? 真的么? 如果我也考得上的话，那真好极了！”

果然，龙华听了这意外的消息后，便像感电似的冲动了全身，刚才的那副彷徨而萎靡无力的眼睛，也果然活泼泼地转动起来了。继续他的两手又发着抖颤，从腰包中漫漫地摸出一封信来递与丘立和曹孝植，同时两瓣嘴唇也打着寒噤，补充说道：

“我原想出来走当兵的这一条路的，但我却不晓得黄埔要招考！”

丘立和曹孝植两人接过信来一看，信封上面开头写的是“烦面交洛阳”，经过了一长串的军，师，旅，团，营等的字样后，落脚才写的是“排长杨国盛收”，里面是一封介绍候补士兵的简信。

“可以不要去了；何必去跟军阀当走狗呢。”

两人把信重新叠好，交还龙华。

“那自然是无办法中的办法；想暂时去干着来等机会罢了。这边既然有路可走，就考不起也应得去试一试。”

大家暂时无言，房中充满着一股默默的希望。后来彼此又谈一阵学校性质和考试的内容，丘立才像下结论似的说：

“好极了，快到栈房去把行李搬到这边来住，以便准备一同出发！”

十　一

丘立和龙华去后，曹孝植的心思益形纷乱不安。这原因：一半是为他现在系一个人独住，益助加了无聊时的胡思乱想，另一半则是蓉姊仍然继续来对他诉说了些环境的愈陷于冷酷，而且表明只要有办法时，她很愿意像丘立那样毅然地脱离叔父的家庭。

在蓉姊的谈话中，除了消极的对于环境的愁诉而外，未常不曾看出蓉姊的另一面的对他的积极的心情，而且使他发生苦恼的，亦正在于这点。当他见着那水汪汪的一对黑瞳，很热烈地对他期盼着什么一样的时候，他的血液不禁像电流似的沸滚着全身，使他不得不急把眼帘眨动来躲避那不可忍耐的性的诱惑，但当蓉姊把视线收回而恢复了常态时，他又突然感觉失望，而有一股惆怅的心情簇上心来。这样不可解决的矛盾，始终苦缠住他的心胸，使许多人都说他有些近乎失恋，特别是施璜时常责备他过于消沉。

大约是丘立等赴沪后的两礼拜后的一天早上，曹孝植正鼓起眼睛望着楼板贪眠，他忽然听着天井里有人走来，继续便是一阵急剧的扣门声，他知道一定是施璜。他急忙起来把门打开，果然是这位可敬而又可畏的朋友直挺挺地站在门外。他像做了错事的小学生见老师一样，准备着接受两句严厉的诃责，可是施璜却含笑地看了他两眼，便走进来拿了一封信递给他。是丘立写给他与施璜的，大意是——

——我们都已考取；现快上船转赴广东。一切都有学校招待；从此生活无忧而努力有方，其乐也何如！

到沪后曾又演过两次滑稽的悲喜剧：其一，系到北火车站时，黄包车夫以为我们也是齐卢战争的逃兵荒者，竟想大敲竹杠，使我们不得不把无用的东西检在一个网篮内，扔在出口旁边，仅把必要的行李自负前行。可是这样一来，倒反把车夫们苦恼了，他们又要顾着去兜揽客人，又要忙着来抢那些并不值钱的东西；他们的互相争夺殴打的情形，反使我们发笑了。这不外是我们穷而他们却更穷的原故罢！第二次的喜剧则又是发生在栈房。因为我们突然接到南行的通知后，我们便又不得不决计把被盖等物抛弃在栈房内面来偷跑；我们既付不出那些栈房钱，而今后的被盖也不是必要的了。

这样，我们的身边已一无所有，而被录取的同学，也大概是与我们一样。但同时我们这一船都是决心了的反叛者，我们高兴！我们快乐！祝你们也加紧努力罢！待他日会师武汉时，我们才来大家痛饮一场！……

"算是解决了两个问题了！"曹孝植读完后叹息了一口气。

施璜坐着不动，眼睛瞅着曹孝植。过了一晌，他才带笑地说：

"你是说还有第三个问题不曾解决，是不是？但据我看来，恐怕还有第四个问题悬在你的面前也说不定。"

曹孝植有些愕然；但他的双颊似乎已经懂得了，因之不期然地先泛上了一股红潮。

"老施，那是什么问题，你何不明白地说出来呢？"

"你以为我不晓得么？其实我老早就知道了。"

施璜见曹孝植无话，于是使改换了纡远的口调，而又单刀直入地说：

"孝植，不过我要忠告你，像我们这种人切莫在一个女子身上陶醉了。如果感觉了爱，就直截了当地下手，如不爱，便干干脆脆地抛与别人。你近来那种失魂丧魄的样子真不是话呀！"

曹孝植觉得有一团刺从他的背上滚过，正钉着了自己的弱点。可是他也觉得事情并不如施璜所说的那样的机械，于是他严肃地说：

“对的，老施；我也正想同你商量一下。问题不是在爱与不爱，而是在有一个想挣扎出恶劣环境的弱者摆在我们面前时，我们将取怎样的态度。何况当事者又是一个熟识的女子呢。”

“所以我刚才说的第三个问题就是指这个；我并不非难你，为着使你不久陷于沉溺状态计，我也愿同你共同解决这问题；关于蓉姊的事，我也从丘立处知道一些，惟不知道的，就是你对蓉姊的态度——也就是刚才所说的第四个问题。”

“你知道我是一个已婚者——”

曹孝植很软弱地说了这么一句，便被施璜的笑声打断了。他懂得这笑声的意思，但也对这笑声起了些反感；他不期然地在那笑声一断时，即又抢先地继续说：

“你以为我太封建了，是不是？这样的话，连我也知道说，而且也懂得，不过我也反对那些见一个爱一个的人，那简直是狗！”

这意外的兴奋，使施璜愕然了。也估定曹孝植的心理已经有些变态，他又想是刚才的狂笑伤害了这位经不起强烈的批评的朋友的自尊心。于是他急恢复了严肃而诚恳的态度，说：

“老曹，并不是叫你去当狗；不过我笑你专门能为别人想法，而到了自身的事时，便反彷徨起来了。现在什么人都已经不把离婚当成问题，何况你还是具有更新的头脑的人呢。”

“我何曾怕离婚！不过我怕因离婚所诱起的反响。请你不要非难我，我也有我的独特的哲学。我现在对什么都不满。都要反抗，但不愿反抗我的母亲。可不是！我觉得母亲没有对不起我的地方；虽不必因此便要去讲‘孝顺’，但也不应份外地多诱起些事来使她伤心——你知道我的妻是母亲的姨侄，而且这婚姻又是她包办的。”

“好浅薄的哲学——一个变相的旧道德。”

施璜心中这样想，他知道曹孝植的脑袋里面，委实还有些筋筋网网的东西缠绕不清；这些陈旧的残渣剩滓，使他感觉无聊，但他终于忍耐的继续谈了下去：

“那末就照你的哲学行罢；可是你究竟怎样对付蓉姊呢？”

曹孝植不语。似乎在沉思。约莫过了一刻，他才说：

“所以问题不是在爱与不爱，而乃是怎样设法帮助蓉姊挣脱她的环境——像帮助困难中的丘立一样。可是毕竟对方是一个女子，所以问题就有些麻烦了。”

施璜点了点头；想趁此下一个结论：

“只要不把女子看得那样神圣，我以为这并不麻烦。不一定要同居或送进学校才算帮助；先使她的经济独立起来罢；什么地方都可以去，只要暂时有一个吃饭的地方。以后她便可以自找出路的——也如你所说的像丘立那样。”

“可是现在就找不出这样一个地方。”

“我有，”施璜想了想，便很快地说，“你可问她愿意学习看护否；如愿，那我有一个熟人在医院里，一定可以介绍她去。”

曹孝植表示了同意。

× × × ×

阳光渐增了灼炽的力量。大学复课后还不曾经过几天便快又是暑假了。罢课的结果，虽然因两方势力的匹敌而归于妥协，但在暑假后显然又将有一个不小的变动。这变动的前兆，便是省政府的秘书长忽然另有他就而辞职，黄教授一派的势力将随之而起崩溃。

首先感觉了来学期之不利的，便是蓉姊的叔父。为着一万块钱的完成问题，使他不得不另外设法，因之也就不得不成了首先崩溃的一隅。他想外边虽然薪水较丰，但却是饭少人多，排挤过甚，毕竟不如家乡地带的安全。这样，他便立下了来学期回省的计划。

这由秘书长的辞职而掀起的波动，不仅直接影响到学校，而且亦间接地使蓉姊的命运也起了变化。叔父没有对黄教授表示好意的必要了；而在罢课期中的两人的意见上的龃龉，这时又重新在胸中作恶，甚至连下期的位置之成了必然的动摇，也有些是怪黄教授之对西洋帮的攻击太过。这样，蓉姊和黄教授的婚姻问题，也便在无形中消灭了。

可是一个问题既去，另一个急须解决的问题又接踵而来，这便是蓉姊的跟着回省与否的问题。叔父的最初的意思，是要蓉姊暂时回家，待自己的事情有着落时，然后决定在省内读书，或是再出来求学。但蓉姊则不特不愿重去作那穷乡僻壤的蛰居生活，而且她认为这乃是实行曹孝植告诉她的计划的好机会。所以当叔父提出了她的今后行止的问题时，她便托辞说在丘立处认识了一个学看护的女友，可以介绍她进医院去免费学医；待将来叔父的经费充裕时再作读书的计划，即不然，亦可以借此学好一种技术来解决将来的生活。这样，她的志愿，便急转直下地被叔父承认了。……

蓉姊跟着施璜进医院去的时候，是一个晴明爽朗的上午。抱着新的憧憬，她异常轻健地并着施璜的脚步走。一股幸福的气份，饱润着她的少女的心胸，这是她第一次感觉“自由”的欣畅。

医院的主任医生份外的年轻。在殷勤地接待她后，便告诉她暂时的工作，只是配制简单的药品，和于诊察病人时的传递器具，而且于礼拜日也可以有休假给她。

“好，祝你的新生活成功!”

在一切都交涉妥当之后，施璜很活泼地向她告别，走了。

蓉姊短送至院门后，即回来整理自己的行李。主任告诉她明日开始工作。她的房间还洁白；但除了一间床铺的位置外，便没有许多空地了。她依次地放好了扁箱，检叠了被盖，然后坐到床沿上微微地喘了一口气。刚才的兴奋的气氛忽然弛缓下来，但一股异样的寂寞，便又轻轻地渗进了她的胸窝。不过这种寂寞显然是与前不同；从前是像幽囚在冷宫里面一样，渴望的是想那坚固的墙壁早日倒坍，好使自己的冷寂的躯体，得熔照在温热的阳光下面；但现在则觉得自身是飘浮在大洋上面的了，急盼的是想得着一只强有力的手臂，伸来紧紧地捉住她的两膀。而且因黄教授的问题而被掀动过了的少女的心胸，现在却愈热烈地燃烧起来，使她不期然地，忽将刚去的施璜拿来与曹孝植作了一个比较。她觉得曹孝植虽然和霭可亲，但却对她有些缺乏勇气，施璜虽然爽直刚毅，但现在还不知对他是什么心。她这样沉思一刻，才忽的猛醒过来，一股处女的羞耻心热烘烘地扑上身来，脸上的红潮，一直穿透了耳根。她急忙站起身来，用劲地把这些幻影辟开，顺手关上房门，一直向走廊上去了。……

曹孝植的访问蓉姊，竟延迟到了第三个礼拜。在这时间如停止了的三礼拜中，他过着窒息而刻苦的圣徒似的生活。他曾几次踏出了门口，但一走到天井中，却又毅然地走了回来；他恐怕见了蓉姊过后，益纷乱了他的心，击破了他的哲学。可是待他一面到房间，兀然地坐下后，板凳上却又像有一团茅刺似的，使他不得不站起来在地板上团团地回走；一对漆黑的大瞳仁，两颗娟研的笑涡，和那肥肥的两脚，不断地在他的眼前恍来惚去，像有千斤的力量在诱惑他，使他精疲力竭，再无挣扎的能力了。

这样，到了第三个礼拜的早上，他终于下了果断的决心去访问蓉姊；由此所生的一切的结果，他完全交与运命，总之，他要借这一次的机会，把从来所抑压着的痛苦尽量地发泄出来。

当他踏上街头时，不觉一个寒噤侵袭了他的全身。虽然已是夏天的太阳，他却感觉心里有些发抖。路途是那样的熟习，而每一次的转角，每到一个岔口时，他都觉得前面是一个未知的世界。路上的行人从来与他无关，但今天仿佛也特用着猜谜似的眼睛看着他。医院终于在眼前了；他的胸窝跳得更明晰。他鼓着劲向前走去，但一到院门时，不知怎的竟不敢仰头一瞥，便回头就跑，一直倒退了七八丈远时，才勉强停下来了。经过几时的徘徊，他才又重鼓余勇，慢步走去；他觉得前面竟不是一栋医院，而乃是一座幻城。传事人的眼睛也是猜谜似的。他终于局促地等待在传事室中了。他正等待着一幅戏剧的场面的出现，可是他忽然感觉了意外——传事带了一幅不尴不尬的脸像走出来，说蓉姊不在。一时紧张着的心情缓和下去，他反觉得心里舒适了些。

抱着悒悒的心情，曹孝植走出了院门，他不知蓉姊到什么地方去了。可是也不愿即刻回寓所去。于是他随着脚步在街上慢慢地乱走：无方向，无目的。不知走了多少时候，他才忽然见出前面是秀山公园。正疲倦了；他想进去找个地方坐一会。公园里面并不幽静；刚植不久的小树虽在发叶，但却遮不出一块荫凉地带，人造的假石山到处兀兀地耸立，在阳光下反射出一种令人不快的土灰色。可是三三五五的闲人，仿佛并不要求什么僻静与幽雅，尽是那样悒然自得的行走，园角上的一家茶馆，更是热闹不堪。曹孝植今天特别讨厌这样多的游尸，他拼命地想找一个无人的地方坐下来整理一下自己的混乱的脑经。他掉了一个头，向着反对的方向走去，果然行人是比较稀少得多。而且远远的草坪上，恰好有一张靠背椅，孤独地在一丛小灌木傍边躺着。他急向前走去。

可是他刚放快了步调，忽的又不得不把脚停下来，前面有一男一女。身靠身地从小树林的曲道上走了出来。一闪蹀又穿进另一支小道去了。綳绉裙子，裙下的肥肥的两脚，和那看惯了的长衫，以及长衫下面的西装裤，不差不错地便是蓉姊和施璜。曹孝植一发怔便觉眼前昏黑，耳内长鸣一声，使他几乎扑倒地上。

一直跑回寓所时，冷汗透湿了他的衣衫。他躺在床上沉默了半天，才长叹一声，像下结论似的，自言自语的说：

“这是顶好的解决方法了，我不能憎恨他们，我只祝福他们。”

于是他急翻身起来，走到书棹前去，从抽屉内取了信纸出来，写了两封简信。前一封的内容是——

璜；突接家中来电，要我即刻回家去一次。启行在即，不能前来走辞。下期决心转学北京；在那边想亦有不少志同道合的人，决仍当继续努力。蓉姊是交给你了，祝你们幸福——

后一封则是——

母亲；学校暑假已到，儿现即起程赴北京。因感南京学校不良，故下期即决心在北京住学校。到北方后当再有信详报一切不误，祈释念是祷。

施璜接着信时，曹孝植已经在津浦线的火车上了。关于信的内容，施璜还是有些疑惑；家中的来电纵属事实，但转学北京的话，却从未曾听着说过。于是他又读第二遍，那末尾的两句，忽然抓住了他的注意；他瞠目地沉思了半刻，嘴角上即浮上了一些微笑；他觉得已经明白一切了。

从四面八方偶然研在一块的青年们，就这样又暂时散到四面八方去了，——各自流动着，突奔着，各打开着各的现在的命运，各创造着各的将来的命运。

时间匆匆地过去了，一年，两年……

十　二

大约是一九二七年的三月初的时候，汉口后花楼独安里的一个军队住扎处内面，出现了孙丘立的姿影。他暂时的一进一出，都受着营内的那些从不曾出过操，更不曾打过仗的军队的尴尬的视线，而他对这些腐败到极点的黑色制服的家伙，也暂时不能不取一种戒心。他知道与他同时派到"保卫队第一队"去的一位同学，刚去接事时，便被几个原任的分队长一阵拳头和板凳，打得躺在营内，动弹不得，而且事后也无从捉拿凶手。他被派进来的这"保卫队第二队"，虽因为他是补的分队长的缺额，还不曾对他用过全武行，但原任队长则老是不正式地发委任书与他，使他整天不清不白地躺在队里无事可作。……

这一天，他也闲得腻极了；队里除了听得着吹吃饭号而外，便只有那些流氓队伍的拖鞋响，和偶然哼来的京调声。

他望望他的房间，房间是空洞而黑暗的。杉木板子隔成的墙壁上敷了些旧报纸，潮湿的地板已腐烂了几个大洞。靠左壁是一个小得可怜的茶几，茶几上一把瓦壶呆呆地坐着，让两个土杯子死守住它的嘴子。两只板凳上搁了几块杉木板——算是他的床，床边一只网篮叠在一口藤扁箱上——就是他的全部行李。

至于他自己呢，则身上的一套不合式的西装已经皱得像猪肝，一件洋布衬衫当然也污脏得不成样。为着要从海道通过上海的原故在广州特别丢了灰布军服，在朋友处临时凑成了这末奇怪的一身，但一直到了汉口，还无法换下，而这想来也是受着那些兵士侧目的原因之一。

外面，从早上就下着的蒙蒙雨，这时仿佛停止了。可是天色仍是异常昏暗，这长江中部的大都会，又是多雨而薄寒的季节。

一股郁积不快的心情，使他终于不能忍耐这死沉的房间，他要到那活泼而热闹的街上去走走，同时也想过江去看看龙华，——这位一同到广州，又一同绕过上海而到武汉来了的朋友，现在还住在旅馆内面，不曾派有工作。于是他写了一张“假条”送到队长室去后，便提着一个小钱袋走出外面来了。

队门口两个卫兵似乎对他要理不理的，但也终于勉强行了一个立正礼。门外有一个宽敞的场子似乎就是操场，但却始终乱杂杂地堆满了垃圾及瓦砾之类，而且在这新雨之后，更是满地的污黑泥浆，只有歪斜地铺着的一串方石板，才可以勉强踏脚走过。走完了这幅空地便是独安里，里内多是住着下等窑子，现在，那些“野鸡”们都愁容满面的靠在门口上梳头。穿出里口才是后花楼，这时街上突然现出许多的人在挤，在撞，而在各色各样的长衫中间，还夹杂了不少的灰布军衣人——这就是刚到不久的北伐军。

暂时站在里口上躇踌着，孙丘立不知先向那里走好。可是一瞬他的脸孔便泛上微笑，象忽然想起什么心事似的，终于由一条小巷向前花楼走去了。是的，“前花楼，凤台旅馆”——这一生中最值得纪念的地方，他突然想顺便去看一下。在那儿他几乎病死过，在那儿他曾半夜起来偷过冷饭吃，在那儿他曾演了不少滑稽的悲喜剧。那时也是这样阴多晴少的苦人的天气，那时也住在这末乱杂的一带。可是那时他的心境是惨淡，是黑暗，是绝望，而现在则是满怀着前途与奋斗，满充着希望与光明了。想不到才经过两三年的光阴，自己竟能有这末一个大变。

不久，凤台旅馆终于出现在眼前了。依旧是那末两朵灰白色的砖墙，依旧是那末几步不高不低的石梯。门楣上也还是挂着那块绿褐色的招牌，招牌上也依然爬着那几个褪了色的大字。一切都没有变动。只有那曾很早就要放出起货落货的闹声来将他搅醒的隔壁的一家英商海产堆栈，这时似乎也因英租界的收回而把两扇铁门关得紧紧的了。他含着复仇似的眼睛审视着这一切，同时也就想起了一大串的人物来。是的，当时这里曾有一个威胁过他的王金华，也有一个从苦难中把他救了出来的田焕章。这时他站在街上真想再进去看一次，但忽一转念，他终于只笑了一下，便掉头向一码头走去了。

从一码头搭上轮渡，又在汉阳门挤上了岸，他便到斗级营龙华所住的小旅馆去了。……

“嗳唷，真是要快找女同志才行！”

开门进去，龙华正躺在床上，而一见孙丘立时，便翻身起来无头无尾的这样说；眼睛上还现出两道红圈子，似乎是在夜间失了眠。

“丢那妈，我以为你病倒了，原来还是在想女同志。”孙丘立打着黄埔腔，说。

“倒不是我想。是隔壁房里天天都有人带起女同志来开房间，而且一来就要工作到天亮，真是闹得一点也睡不着。”

“那有什么了不得；另外搬一个地方就是了。”孙丘立坐下来笑着说。

“工作久不分配下来，搬到那里去？若说仍然住旅馆，那就什么地方都是一样。”

“那末就暂时住到我那里去罢，独安里‘野鸡’是有的。但幸好还没有女同志。”

“吊二郎当！当心女同志们听着你这话不依。”

龙华说完一笑，惺忪的睡气似乎也就醒了一半。于是他又拼命打了个呵欠，即站起来到门外去叫茶房泡茶，打洗脸水。这时孙丘立无意地听着隔壁房门一响，随即传来了一阵女子的肉麻的嘻笑，而且中间还夹杂了些“同志”，“革命”一类的话声。丢那妈大概又是什么“革命不忘恋爱”吧，怪不得龙华在这里睡不着！但他的眼睛一转，壁上一套军装便把他的注意力转移过来了，——他想，龙华几时竟先扒着了这家伙，自己的这一身奇怪的样子也得赶快设法才行。……

“听着么？”龙华走了回来，将大指姆向隔壁一跷，扮一个苦笑的脸孔，“今天这早就来了！”

“叫你搬，你又舍不得那出‘隔壁戏’！”丘立也扮个鬼脸，忍不住笑了。

“真的你那里可以住么？不过我怕隔两天打起来了，就连我也打在内面。”

“吔，这末胆小，谁叫你来当兵！”

“说正经话罢，我耽心着你进去也要捱一顿板凳的，现在里面的情形究竟怎样了?”

“情形么? ——那些流氓痞子见着第一队的人蛮干不成功,现在似乎不敢乱来了;不过现在我根本还是补的分队长的缺,将来若上面实行根本改组时,那就说不定也会有一场乱子。所以你假如是怕打的话,我也就不劝你去。”

“队长是个怎样的人呢?”龙华一面洗着脸一面问。

“据说是从前玉帅部下的一个团长的马弁;今天我递假条去的时候,他正躺在床上抽大烟;人到满客气,只是扣着我的委任书不肯发。”

“为什么呢?”

“傻瓜!迟发一天他就多赚我一天的薪水。在这种时候,他还有不拼命抓钱的。龙华,算你运气好,你差一点不是打死,也就是快办移交的时候了!”

“什么?”龙华呆然地望着丘立,暂时不懂这话是什么意思。

“还不是!”孙丘立打趣地一笑,才又继续说道,“假如那年我早走了几天,或者你再迟来了几天,你不是已经到洛阳玉帅那里当子弟兵去了么,今天那还能睡在这里想女同志!”

龙华这才明白过来了,孙丘立原来说的是那年在南京时的事。

“是啰，一个人到走投无路的时候，差不多什么事都想干一下。”龙华的发胖的脸上，颇觉不好意思，似乎听着了一生中的大污点。“你想那个时候几苦人！在书店里是吃冷饭，睡板凳；我还记得那次同老板的闹架，还是为倒夜壶起。他妈的，在外面受了一场践踏，回家去还要捱老头子的臭骂……”

“莫谈老头子！”孙丘立似乎也跟着想起了一件感慨事，“他们那一辈人真是又好气，又可怜；前两天我写了一封信回家去通知我已经到了汉口，你猜回信上是怎么说的？……寄钱！寄钱！寄钱！”并没有待龙华的“猜”，他便一直说了出来，跟着又是一阵苦笑，可是笑声方罢，便突又带着严肃的气色说：“其实，老龙，你我如没有曹孝植这个人，恐怕都不会有今天，所以我对家里老头子的好感，老实就没有对曹孝植来得多。现在我们都到了这边，我很想写信去约他也来。”

“是的，那真是一个肯替朋友帮忙的好人。”龙华注视了丘立一眼，但在略一沉思之后，便又迟疑地说道：“不过我看他的书生气太大，未必干得来我们这一套。”

“那有什么要紧，天下事又不是要个个都当丘八；依你说来，书生就完全无用了！”孙丘立满心不然地反对。

“不是说书生完全无用，但你不是说过他到了北京以后就什么都没有干了么?”

“在那种环境中你能够干什么，尤其是在北伐军到了汉口的现在。所以就据这一点，我们也得使他赶快来。”

这时隔壁忽然又爆发了一阵女子的无忌惮的欢笑，把两人的谈话就这样打断了。其余的各个房间，也老是那末一群群的男女在不断地进，不断地出，——老是那末彼此高声地呼唤着，谈笑着，似乎个个都是富于青春，富于力，而且虽在这样阴沉的天气中，也似乎充满着满心的太阳。

外面的活跃跃的空气。又使孙丘立感着室内的沉闷，于是他站起来，打算走了；但忽一转眼，刚才见过的那套军服又在墙壁上牵引着他，于是他忍不住一面伸手过去取，一面笑嘻嘻地说：

“喂，几时手干比我还长了些?这个我拿出，你再去抓一套好么?”

“刚合身的东西你拿去?”龙华着了急，急伸手过来按住。

“吪，这末客气！工作都还没有派定，你就一定用得着这东西么?”

“谁说用不着！穿起这东西，再马虎挂上一个同学会之类的徽章就不用买轮票；你要拿去，你就得贴我的过江钱。”

孙丘立放了手，龙华即刻将军服宝贝似的，挂回原处，但随又难乎为情似的说：

“不是我舍不得；南湖的学校那面多得很，你要，你干快去找一套好了。”

“有熟人在里面么?”

“我是在街上碰着韦志成——他在里面当排长，但说不定还有其他的同学。”

“韦志成?‘韦草包’么?”

孙丘立马上想起了那位下巴长长的，说起话来总是口水滔天的同学来。人倒满好，只是有点爱在女人面前闹笑话，所以相熟的同学就给了他一个“草包”的绰号。

“对了，”龙华说，“我这一套就是向他借的。”

“好的，我们一道去罢，趁你是去过的。”

龙华迟疑了一下，但终于同意。一瞬便有两乘黄包车向着两湖书院的旧址驭去了。

十 三

外面，时时刻刻在增加沸腾：街傍天天有着青年男女在扭靠着墙壁，手舞脚蹈地演讲，街心中常常有一长串群众象潮水似的扬着“打倒列强！……”的歌声走过。

可是孙丘立的队里则恰与这一股热狂的空气相反：知道位置不久了的队长，整天抱着烟枪出气，队士们更乐得拖着鞋子到小巷中去游逛。

这象快要没落的大户，快要倒坍的舞台的营盘，直到孙丘立进来了两星期时才抽了最后的一口气；一天早上，局上的一个勤务兵送来了两封公缄，一封上面写的是旧队长“另有任用，着即移交”，另一封则是正式委任分队长孙丘立为队长。

这消息一传达出来，孙丘立的沉闷的房间便顿峙起了紧张。他固早知道有这末一回事，但这事一旦展开在面前时，他依然不能不有许多顾虑：旧队长想来倒不至于公然倒乱，可是对下面的人一应付不好，那便很有借故打麻烦的可能。

移时，他听着门外果然起了一股不安的空气，许多队士都在窗前走动，而在脚步声中还杂着窃窃的偶语和“换队长了！”的呼声。整个队里显然都跟着冲动了。孙丘立两手抄在背后，在房中慢慢地踱着，心想着前队长会怎样来办移交，在移交时会发生怎样的意外，同时也想着这流氓们也许因为这一个全面的大转变的威压而会俯伏下去。然而就在这时，他便听着有人在敲门，跟着走进来的，就是那两位最与他相白眼的分队长。

“跟分队长贺喜！”

走在前面的一个竟向他行了一个举手礼，脸上的一块疤子还笑得分外起劲。

“我们早知道要换队长了，不晓得就是分队长高升起来。”

后面补了一瓣金牙齿的一个也赶上来，跟着立了一个正。

可是这意外的卑躬，倒反使孙丘立感着惶惑了。他只好即刻请两人坐下，随着又一人倒了一杯茶。而在两人谦谦虚虚，坐定之后，他又见那疤子脸呷了一口茶，扫了一下喉咙，先开口说：

“唔，队长刚来不久，……唔，其实这里面，这里面的弟兄们都很能革命的，很能革命的。”

说着便车身过去望了金牙齿一眼，那金牙齿也就跟着开了腔：

“对了，现在是讲革命的时代，我们都想跟队长一道讲革命，以后还要请队长指教指教。”

嗅，原来这些家伙竟有软硬两套！既明白了来意，于是孙丘立也就象老于事故似的，一阵“好说好说”，“帮忙帮忙”之类，终于把两人打发出去了。

可是两个分队长刚走之后，又来了书记，书记之后。跟着又是庶务。有的进来打拱，有的进来弯腰，而且都老是那末“贺喜贺喜”，“指教指教”的一套。孙丘立觉得这些人又可怜，又可笑；也想不到这末一个小机关，竟有一种大衙门内的章法。

午饭后才是队副代表队长前来办移交。一个四十开外的矮胖子，腋下挟了一大卷名册和表格之类的文件，右手上还拎着一个装印鉴的方纸盒。别瞧不起他走起路来是鹅行鸭步，他这队副的资格就有了十多年，而在队里究竟办过了几多次的移交，连他自己也委实不大清楚，——虽然闲下来时，他也偶然在同事面前卖气力地计算着某队长之后是某某，某某之后又是某队长。总之，在今天以后，又得劳他多计算一个队长的姓名了。

“恭喜队长……×队长有点事不能够亲自来，所以叫兄弟把这些文件送来点交，请队长看一看。”

队副不慌不忙，将卷纸之类放到条桌上，开始啃老调。额上的皱纹，被他那不大清白的微笑，一直笑上了剃光了的脑顶。

孙丘立先接过一本队士的名册过来看，只见那些“刘得胜”“马占彪”一类的名字下面，时而加上了“补进”，时而标明着“缺出”，时而又写着“请假”之类的记号，简直弄得眉目不清，似乎一切都是临时造成的。

“簿子上的人都全在队上么?”

看完最后一页，孙丘立将名册合上，一面不由不暗暗注视着队副的脸色，这样问。可是队副并不怎样狼狈，只把眼睛转了两转，象老狐狸似的，说：

“不瞒队长……也有几位刚缺出去的，还来不及补上。”

孙丘立心下明白：这所谓刚缺出去的，也许根本就没有这样的人。可是他终于又从队副手中把薪水账簿接过来了。果然，他见着不特自己的薪水因为扣着委任书不发而少算了一星期，即那些类乎浮报的名额，也是个个都在照着数目支薪。这时他真有几分为难：假如要从这些地方追究起去，一定就会生出麻烦。不追究，则这些流氓说不定又会把自己当成傻子看待。但正在他的迟疑中，队副似乎已经看懂了他的心思，而先笑出满脸不自然的皱纹来了：

“嘿嘿，照理说，队长这里是吃了点亏。”队副伸个指头指着他的薪水数目，随又放低声音说：“但是队长是明白人，这里事都是明中去，暗中来；以后队长名下的忙，我们是一定帮得到的。嘿嘿，×队长是下台人，万事都要请队长海涵一下。……”

孙丘立不觉苦笑了，为的是不懂得什么叫“明中去，暗中来”，但总觉得这才是这种人的真正的一调，比两个分队长的“革命，革命”来得自然而直爽，因之也就反觉得要中听一点。其实一点不错，一个人一踏进了腐烂的，鬼怪的旧社会中去，就往往不得不这样啼笑皆非的“中听”下去的，因之现在的孙丘立也就拿定了暂时一切不追究，只待接收过来再整理的方针，把账簿关上，其余的什么表格之类，当然也就跟着有爬尸（Pass）过去了。

“嘿嘿，队长是明白人，办移交根本就是一件马虎上头的事……”

在递“印把子”的时候，队副满面光彩，得意地说，觉得自己毕竟不愧是专家。

“啊啊，是是……兄弟刚到这里来，一切都希望队副不客气地指导。”

“好说，好说”队副忙起来连连应声，但随又坐下，“不瞒队长，这里的事是难办一点，第一，嗳，要手熟。比如烟，赌，娼，盗类的案子，象队长远方来的人，都很难得明了。这全靠要有熟手，全靠要有熟手……不瞒队长，我在这里已经十多年了，这些情形我都很晓得。”

用不着看那副狐狸象孙丘立已经晓得队副的肚子了。但一听着烟，赌，娼，盗等类的事，他不能不承认队副说的是老实话。因之同样在一阵“帮忙，帮忙”，把队副打发出去之后，他的心竟不能象先前那样爽快。自从离开学校，这还是第一朝到真正的社会上来办事，而办事的地点，又遇着是这末复杂而多鬼祟的保卫局下面的保卫队。

第二天一早，他就命令号兵吹一个紧急集合号，将全队人召集在旷场上去作一次检阅，同时也算是“就任式”。可是待他站到一个高土墩上去一望，下面排着的三分队人就象一部久抛在旷野上的坏机器：有的不曾打绑腿，有的忘了戴帽子，有的扭扣吊着直摆，而大家的脚下，又是一幅渣滓连天的脏地。

就在这幅脏地上，他对大家说明了保卫队的责任，宣布了今后的纪律，再规定了每天的出操和重要地带的卫戍等事后，他忽然将其中服装不整齐的份子另外集合在一边，预备在这就任的第一天，就要给一个赏罚与大家看。

“刚才说过，军队中纪律就是生命；表示纪律的精神，就在服装的整齐。那末象这些绑腿不打，帽子不戴的弟兄们是不是该罚？”

他毫不管这些另集合在一傍的坏份子，只站到高处去厉声地向全体问。

可是大家都不响。早就注视着他的许多好奇的眼睛。这时似乎更转成了敌意。但这，早是孙丘立所预料着的，于是他不慌不忙，又继续说道：

“大家晓得，今后既然要每天出操，就得要先打扫操场；大家以为该罚，就叫他们去挑渣滓，铲污泥，填粪池……若说不该，就大家一齐去。——该不该罚？”

“该罚！”

果然这以兵士来制裁兵士的方法终于奏了功，孙丘立的话一完，只听得一声喝响，大家都表示赞成，而且刚才那些含敌意的眼睛，竟反笑出了声。至于被制裁的几个人，也不曾料到有这末一着。于是在大家解散回营之后，也只好老着一副倒霉象，慢慢去找锄头，粪箕，扫箒之类来开始工作。

一面，队里面也开始了值星官的派定，兵士的重新编制，办事日程的规定。从此这一部死沉沉的机器，便渐渐活动起来，而在第二个清晨，天空一发白，便有缭亮的号声从队里响出，不久那块新打扫出来的操场便有了一队队的黑色衣服在跑动，四周的人家都被那调整脚步的哨笛及兵士们的“一二三——四”的喊声惊醒了。

为着自己升了队长，自己的分队长便又空出来了。在他未进来时，这一脚当然也是前队长兼领着薪水。可是现在他却想补一个能干的人进来，而且全队的整理，正就从此下手。他想起了龙华，但不知这位朋友已经委好了工作否。这一天他将重要的事务交代与值星官，正想过江去看一看，可是手上刚拿好了铜板袋，忽然传令兵走来报告外面有客来会，而且据说是一个女的。这可不能不使他惶惑了，他想在这里并没有相熟的女同志。待他怀着好奇心站在房门口等，果然，不一刻传令兵后面跟了一个身躯肥圆的女子走来，几乎使他疑惑是自己的眼睛发了花。

“呀，蓉姊!”

他不觉惊叫一声。

“万猜不到是我来了么，我想一定要骇你一跳的。”

蓉姊也连笑带讲，急赶过来，似乎满身都为欢喜所激动，圆浑的胸脯不断地起伏着，连话声也是气咻咻的。

“真不曾想到是你？——蓉姊是几时到这边来的？”

“快一个礼拜了。真是大家都料不到会在这里遇着。

你猜，猜我是怎样知道你在这里的？”

可是待孙丘立还来不及猜，她早又继续下去了：

“你一定猜不着的。这武汉地方真奇怪，一下把许多人都团在一起，转来转去都会使你要碰到熟人；这简直象是大家会朋友的地方一样。”

“是不是施璜也到了这边？”

一下听不出蓉姊的话头，丘立才这末问了一句，一面想着施璜或许会来，而且若果真的来了，也说不定有知道自己在这里的可能。

“不是。我一个人来的。”

听着施璜的名字，蓉姊这才似乎不好意思似的，把缭亮的话声放低，同时她见着门外有好几个兵在逛来逛去的望她了。

“那末现在住在那里？”

“中大女生宿舍。那天正在长街上走，便偶然遇着了两个从前的女中同学；她们是刚出省来考进去的，现在还没有上课，她们就叫我搬进去一同住。”

蓉姊这才坐了下来喝着孙丘立倒好了的茶，一面黑黝黝的眼睛，也开始向屋内打望。孙丘立觉得她比从前更胖了些：身上一件深蓝色的哔叽旗袍箍得紧紧的，脚背上的肌肉，依然是那样肥圆圆的挤出了鞋口。

关于施璜与蓉姊的事，是他到广州后从曹孝植的信中知道的。原来自从他离开了叔父的家庭后，只有蓉姊有时偷着机会来见他，而待他到了广州后，也不好写信到叔父家里去。幸好曹孝植转学到北京后，才告诉他，说叔父已经回省，蓉姊则由施瑱介绍到一个医院中去学看护，而且暗示着两人间颇有相好的可能。但是今天蓉姊却说是一个人来的，而且又住的是中大的女生宿舍，这就使他有些摸不着头脑了。

“那末施瑱为什么不一道来呢？”他忍不住问。

“他……到上海去了。说是那边缺少人手。临走时，他叫我先到这边来进‘训练班’，他缓一下再来。本来他介绍得有人同路的，但一到武昌就遇着了两个旧同学，为着起居方便些，我就搬去一道住了。恰巧那天一个同学有一位同乡来会，据说那人也是从黄埔出来的，当时我问那人认不认得你，他才说不特认得，而且你那天还到他那里去借过军服。那人的名字好象叫——”

“两湖书院的韦志成！”孙丘立抢先叫出来了，

“对了，大概是那末一个名字。猜不着么？”

“这样转弯抹角的，真是神仙也猜不着！”

两个人又一同笑了。是久别重逢的快活的笑，温暖的笑。这笑声象一股阳光散播到屋内，连那污黑而腐蚀的墙壁都似乎增了光辉，潮湿而生霉的地板也灿耀起来了。继续蓉姊又向丘立问了些几时来，和队里的事可好等类的话，似乎刚才的一种兴奋才慢慢变成了一股又辛酸又慰藉的心情，望着，她那又大又黑的眼睛渐次浮出了两颗亮晶晶的泪水，使她不得不忙抽手帕出来揩。

“时间真算过得快！自从那年分开过后，不觉快两年多了。前些时，他们还说怕你也去打仗打死了呢！”

半带着追忆的眼睛，蓉姊这样喟叹着，丘立知道她还是与过去一样的温柔。

“真的一切都像做梦一样。本来在广州时都想写信的，但恐怕检查出来孙传芳的大刀队把你们请去了。”

“他到不会来请一个不中用的女子。不过施璜到犯了两次危险，这回到上海还不晓得怎样呢！”

“他很小心的，只要军队早些打拢就好了。”

两人正这末谈着，忽然队里一阵爽快的号声响起，孙丘立知道已经是午餐的时候了。于是他即刻提议一同过江去吃饭，同时也好顺便去找龙华。待两人一同走到营门口，蓉姊忽然听着一声“立正”喝来，只见左右两边岗棚内的卫兵一齐把枪举起，使她正不知怎样是好，但她见着丘立将手轻轻往额上一举，便已走出门来了。

“你说刚才那两个兵是给谁行礼呀？”

待走到旷地的中心上，蓉姊即偏过头来，两只眼睛笑迷迷的瞧住丘立问。丘立一下即会得这问话的意思了：

“当然是给蓉姊行的。”

“我想也是的。天地间那有不给阿姊行礼，反给弟弟行礼的事呢！”蓉姊胜利地笑着，但随又改成了似羡慕又似叹息的口调说：“总之你现在算好了，一进一出都有人行礼。阿姊真不中用，还是两年前那个样子。”

“还不是全靠这根斜皮带！假若还是挂起前两年那个菜篮子，恐怕连进去会人也不准吧。”

“不过，从前挂菜篮子的人现在竟挂上了皮带，这不能不说是你的努力，同时也正是这两年中的大变动呢。”

“是喏，外边固然算这样大变动了，但不晓得在省内的叔父现在在做什么了。”

“大概是不很如意罢。据说刚回去时当了一个中学校长，但跟着就受学生反对，有一次还几乎捱打。不过近来又听说因为见了北伐军的胜利，正要打算进党了。”

“他也进党？——那样反对孙文，赞成吴佩孚的人！”

丘立的话声几乎是惊叫。这消息不仅使他感觉意外，而且使他愤怒，同时当年叔父摔他的杂志的那幕喜剧往心上一晃，他几乎叫出“打倒投机份子！”的流行语来。但这时蓉姊似乎已懂得他这心情，慢慢对他婉然一笑，说：

“是呀，现在差不多什么人都要来当国民党了。”

“蓉姊可接过他的信?”

“从不曾。这些都是从省内出来的人说的。我现在是一个无人管束的人了。”

“是的,蓉姊也总算挣脱了囚笼了。”

但是蓉姊显然不是这个意思。听着丘立的话,她虽然回了一个微笑,但那笑意是很勉强,很寂寞,而且终于慢吞吞地叹了一口气:

“挣算是挣脱了,但毕竟女子也还是女子:从前关在屋内的时候觉得气闷不堪,现在这样漂泊起来,又似乎渺茫得很。丘立,自从那年大家分散过后,今天还是第一次遇着亲人呢!”

“在南京不是有施璜么?”丘立疑讶地回。

“有他……还不是……他整天东跑西跑,而且常常几天不回来。”

“那倒不错,这种人总是忙的。蓉姊也找点忙的事情来做做就好了。”

“施璜也还不是总那末讲,但我总是怕做不来。”

两人正这末肩并肩的,边谈边走,可是一到后花楼交通路的口子上,傍边忽然走出一个老女丐来拦住了去路:

“老爷,太太,给个大角子吧……太太,你们成双成对的呀!”

蓉姊顿时双颊发红，却又不便责骂，只用两只难乎为情的眼睛望住丘立，那意思是说："你看，她说这怪话呢！"

在无法中，丘立只得锵的一声，一个铜板投到地上，同时又叫了一声"走开！"才算把老丐女打发走了。

暂时两人都不好意思的走着，蓉姊更觉得心里有些发跳。待一直走出了后花楼的口子，"洋街"上几部黄包车飞围过来，才使他们丢掉了异样的感觉，一人搭上一辆，向江边跑去了。

原来这条路是一头直达后城马路的怡园，一头直通江边的一码头。怡园是华租两界的黄包车的交接处，一码头则来往着过江的轮渡，所以平常街傍的行人总是特别涌挤，街心上也总是两股车子的洪潮互成逆流。

这时最惹蓉姊注意的，便是那些车上的，走着的三三两两的女兵：她们身上都是那末一套灰布军衣，腰间缠一根皮带，脚下也大概是一双帆布胶底鞋。在起初时，左臂上还有三道黑圈子作为标记，后来则人数愈来愈多，连这标记也跟着失掉，只有靠矮小的身料，突出的臀部和微耸的乳峰在勉强表示她们是女性。这些女性在这里都有亲戚？或者都有恋人？她们除了拿着旗子讲演而外，还干些什么？她们夜间在那里睡呢，——未必也都跟那些男子混在一道？这末想来，蓉姊便觉得这些女子简直是一种神秘的存在，而对这种神秘性，她又只感觉茫然。她不能说这不应当，因为施璜曾对她说明这是“封建思想”，但也不敢说这是对的，因为这一切都超过了她的理想太远。

车子在一码头停下了。四面八方奔来的人在这里成了总汇，而且大家都要去先抢轮渡，所以斜坡上分外杂沓，涌挤。蓉姊混在人群内面，一时觉得奶傍有一只手撞一下，一时又觉得鞋上被人踏一脚。而一到了趸船上，大家更开始拼老命，轮渡离岸还两三尺远，上面早就有人蹴跳下来，下面也有无数的人想要飞攀上去，于是两边互相一阵推，一阵撞，弄得一只很大的轮船也倾斜了好几十度。这时蓉姊一下子被后面的人挤上前去，一下子又被前面的人挤退回来，后来还是丘立先跨过轮去，死死捉住她的手才将她拖上去了。

轮上几列矮凳子早已被人站住，四周也已几乎无立锥的余地；但后面依然是人潮乱冲进来，蓉姊觉得有一个高个子紧贴住她，而且两只粗大的臂膊还绕过胸前来一探一试的。她不敢返望，只死死地用两手护着胸脯，好容易才跟着丘立挤到了一个角落上。

“蓉姊，你站这面来。”

见着一些流氓家伙，老是在乘势乱撞，丘立便用手撑住船壳，勉强在胸前留出一个空间，一面回头过来说。

于是蓉姊果然用手抚着他的肩膊，弯着腰肢，从腋下扭到前面，然后掉过身来与丘立面逼面站着，形成了一个被保护的姿势，可是正在这时，后面忽然又是一潮人倒压过来，望着丘立的一只手从壁上一滑，便全身扑到蓉姊身上，暂时无法起来，而四周也跟着起了一阵狂笑。

“真是把头都挤昏了！”

待两人重新站直时，蓉姊的脸已经胀得绯红，一面又抽出手巾来当作扇子直摇，似乎很有些透不过气。这时他们偶一从侧面的窗口望去，船头已经开出一半，但趸船上还有人象猴猿似的，老在向着船尾上攀跳。

“你想自从北伐军到了过后，骤然增加了这末多人，那有还不挤的。”丘立依然一只手死抵住船壁，站着。

“都怪你们这些当长官的管束不好；先阵过来的时候，也被几个兵挤得令人闷气。”

“军队中那会不有吊二朗当的人，——尤其是那些新改编过来的家伙。以后蓉姊要过江的时候，请早点通知我，我一定开两排兵来保护。”

“是呀，弟弟当了队长，也应当好好孝敬一回阿姊才是。”

“打倒封建思想！”

两人正孩子气的这末谈着，冷不防侧边有两个抱公事皮包的家伙嗤的一声笑来，这才使他们脸红红的把话收住了。

在汉阳门又经过一次冲锋，才挤上了岸。在长街的一家小馆子中吃过饭，孙丘立即将蓉姊送到校门，自己折回斗级营来找龙华。

可是他一进旅馆，龙华竟意外不在，待问明茶房，才知道是在上午搬过江去了。但今天他必须找着一个熟人；队里面两个饭桶分队长纵然可以让它多吃两天饭，但缺着的一个却不能不即刻补上。在这伧促间，他忽然想起了曾去借过衣服的那位“草包”韦志成，说不定在那面还可以找着多余的人。于是他即刻又叫一部车子到两湖书院去了。

一到门口，守卫先与他立了个正，然后由傍边的传令兵引到了传室。室内一个人在壁上贴着的许多纸单上翻了一翻，即回头向他说：

“请进去罢，条子还没有出来，大概还在里面。”

孙丘立暂时摸不到头脑，但也就沿着湖边的一条极长的回廊，直向内面走去了。

回廊上虽常常遇着成群的学兵，但全院听不出一点嘈杂声息。墙壁上到处刷着青天白日旗，廊柱上也到处挂起标语牌，其中还间或看得出“肃静”，“纪律”等类的字样。想着自己队里仅有三排人便时时是那末的喧闹来，觉得与此处真有天壤之别。

从半掩着的门口，他见着韦志成的房中有一个女兵默默地坐在凳子上，行李箱子张着口躺在屋当中，傍边伴着一堆零乱东西，——他疑惑自己走错了路。但待他一踏进去，忽然床上站起一个人来，却依然是韦志成。

“啊，孙丘立，来得好！我正打算找你。”

韦志成一站起来即同时这样说，样子似乎有了什么不爽快的事情发生。原因是他生有一副特长的下巴，心里一遇着不痛快的时候，那下巴便分外跷得高，说起话来，口水也要往外溅，而现在就恰是这末一副神气。另一面，那女兵见着孙丘立走了进来即默默地埋头出去了。

“怎么，无事弄些女学兵进来，真吊二郎当！”

且不管韦志成为什么要找自己，孙丘立坐下来这样说，一面心里颇觉有些尴尬。可是韦志成却呵呵大笑起来了：

“哈哈，女学兵！真是眼睛生到额角上去了！可是也难怪你，许多人刚进来都要认错。”而在一阵粗笑之后，韦志成又勉强压着喉咙向孙丘立说：“你看，该还漂亮么！我觉得我们没有女同志的人，都应当有这末一个小孩子来服侍一下。”

正在这时，成问题的女学生即拎着一壶茶进来，可是待茶壶刚放到棹上，韦志成即忽然抢上前去，将他一把拉过来坐在床上，随又用手捧起他的脸来边笑边说：

“秀实，你看，刚才孙队长说你是个女兵，你承认不承认？……不承认？谁叫你生得这漂亮。你妈妈还要替你补上这末一颗金牙齿！……”

孙丘立这才明白刚以为是女学兵者，果然是一个十三四岁的勤务兵。但那眉清目秀的脸庞，和羞羞怩怩的见人便埋头的态度，使初见的人，决不相信是一个男孩子。

“……好，小家伙，快倒茶吧。”

说着，韦志成便突又一把把勤务兵推开，恢复了先前的跷下巴象：“喂。孙丘立，说正经话——你那里找得着事情么?”

“正差一个人。谁要找工作呢?”

“就是我。”

“吊二郎当！你这里不是干得好好的么?”

“狗子才开玩笑。我明天就搬出去了。”韦志成胀红着脸孔，口水也几乎飞溅到对方身上。而在孙丘立转眼望着室内的大箱子及零乱的行李时，他又眨眨眼睛，似赌气又似怕人听见般地补充道：“他们不要我干了，我还干什么呢!”

孙丘立心下明白了：原来这里也有一个大整理。同时也了解了进来时，传达处的人的翻壁上的条子，大约也是在看有没有韦志成的“行李放行证”之类。可是韦志成从前既系同期，而且除了与其绰号相符——有点“草包”气而外，也真是个“无所谓”的人。在这种情形之下，他觉得有些碍难拒绝了。

“好，那就请你帮忙吧。不过恐怕委屈你：是一个分队长的职务，少尉阶级，月薪五十元。”

“叱！你怕我真是个想升官发财的人么？说我老韦也不革命了，那才笑话！莫说五十元，从前学校每月只发两元零用钱，我老韦也过活了来的。”

韦志成显然因为撤职而带了几分牢骚，但在两下决定之后，似乎也就释然而终于又恢复了那股“草包”气。望着，他一下又走去把勤务兵拖了过来，当成孩子似的一面玩弄，一面说：

“秀实，我已经决定了，你又向那里去呢？回去怕不怕你妈妈打你？……率性也请孙队长带你去吧，孙队长很好的，快去行个礼，他会带你去的。”

说着便向孙丘立前面一推，可是勤务兵却脸红红的站到一傍去不说话，只是默默的低着头玩弄手指。那样子的确又可怜，又可爱，连孙丘立看了也有些舍不得。于是他问：

“他的家在那里？”

“就在汉口歆生三马路。家里只有个母亲。这孩子的确很聪明，在这里，我天天教他写一张字，读一课书，——长进得很快。”

“可惜我那边分队长没规定有专用的勤务兵，只是队上有两个供公用。”

“那末，未必你当队长的就连一个勤务兵也用不起？真的，你把他带去罢，这末好一青年，的确应当培植一下，不然他就只有失业了。”

望着孙丘立似乎有意，韦志成便益加怂恿。一面孙丘立也觉这话不错；一想着从前自己也过过勤务兵一样的生活时，便有一股同情和爱怜的心涌来，而终于决心把这勤务兵收下了。

“好，”他也走过去牵住孩子的手，“你愿意去么？不过去后要照常写字读书的，不要一空就学赌钱，逛街。”

孩子点点头，嫣然笑了。笑样既酷似女孩，同时唇角上又有一颗金黄的牙齿微闪一下，使人起一种异样的感觉。

不久，外边一阵号声响起，跟着到处都有人走动，但一切都显得很严肃，毫没一种慌张嘈杂气象。继续便是远远的号令声，和报数声，孙丘立知道已经是晚餐时刻了。

“明天会罢，”他起来把肩上的皮带搬正。“还不回去，恐怕我那些流氓队伍快要去宿窑子去了。”

韦志成并没有留他。同时也从床柱上取下皮带来往肩上一挂，两人便一同走出了房门，待一到那一长联的回廊头上，两人又随便歪着头，手往额角上一举，行了个“黄埔礼”，同时韦志成很感叹地说：

“明天会。……学校的饭只能吃这一顿了！”

回到队门，天色快已打乌。孙丘立注意听了听各房的动静：幸好除了有些杂话声而外，倒也没意外的骚扰。于是他想先理值星官室去看看有没有人请假，派到各处去维持秩序的队士有无特别的报告之类，但刚走到过道上，便有一斜肩膀的兵向他走来，他知道是传令的。

“报告队长，房里有客在等。”

“姓什么?”

“报告队长，来了很久了，大概是姓——王吧。”

折回自己的房门，孙丘立果见房内有一个人在踱来踱去，样子似乎等得很不耐烦。但一进去便知道并不是什么姓王的而正是龙华，并且连行李也搬来了。

“真是！等了你好半天，你一出去我就来的。”龙华一见着丘立，则停止了脚步，样子象有些怕冷，话声有些打颤。

“怎么？大概旅馆的‘隔壁戏’已经听够了吧，连铺盖都带来了。”望着对面一幅作急相，孙丘立却故意开玩笑。

“莫吊二郎当，真的有事要找你一下，”龙华一边说一边更抖得厉害。“工作已经分配下来了，要即刻去接事，但我一个又不敢去。……”

“原来是上场怯！……我看你还是回书店去打包裹，开发票罢——亏得你还与老板闹过架来的。”孙丘立依然是故意向这位老朋友开玩笑，但及见龙华的脸是那末发青，急得哭笑皆非的样子，这才满意地恢复了正经。

“是什么地方呢？怕得这个样子。”他问。

“要我去接收一个警查分署。”

“丢那妈，尽把人向这些流氓地方派，也难怪你怕。”

“所以我想找你一同先去接个头，看看形势；不然那些家伙不要命地跟你来一下，那就糟了。”

孙丘立不言语，心里在筹划。而约莫一瞬，他即得了一个主意：

“本来我去一下也可以。不过今天我已在外边跑了一大天，现在得有许多事要办；同时现在是从上面整个解决过来，想来对方也不敢乱来，我们若装腔作势的，倒反为不好。但为着安全计，我派两个兵与你作保镖，叫他们带支盒子炮去，外面上就算是你的勤务兵好了。”

龙华踌躇了一下，但毕竟也就因为有盒子炮而胆壮起来。身上虽然还有点抖，但却欣欣然地说：

"好的，那我就去接收了，转来在这里睡觉。"

龙华刚走不久，门上又有人轻轻拍了两下，继续便是一个满脸皱纹的头先探进来，原来是队副。来得好：正是在想知道今天队里的情形的时候，他想。可是队副一坐下来，却甚么报告都没有，只是讲着不相干的废话。

"派到血花世界去守卫的兵换班回来没有？"丘立终于随便抓住一件事问。

"啊，那——要问值星官才晓得。"似乎不曾料到有这一问，队副的样子颇抱歉。但在抱歉之余，却又把眼睛住上瞧瞧，说："大概已经换回了吧。"

大概！在军队中，这是顶不好的两个字眼。可是孙丘立只看在心上，说派到外边去住扎的军队应时时更换回来，在一个固定地方守卫久了，就很易舞弊等后，又随便问着外边是否有什么案件发生。

"我正是来向队长报告这个的。"这回象是拿手好戏到了，队副满面春风，突然倾身过来，豫备说出一件大秘密。"总算是队长财运好：今天队长刚出去，弟兄们就在外面抓住了两起。现款到没有几多，但是两起都愿意拿钱出来要我们包。"

"两起什么？"听不出头绪，孙丘立皱皱眉头。

“赌。”队副跷跷大指姆。

“要我们包?”

“是的,要我们包。款子一家出了五百,一家只出三百五,——但大概还可以添。据我看来,两家每月合共一千是靠得住的。”

孙丘立觉得闻所未闻。然而每月一千!恐怕自己的老头子辛苦一辈子也没有赚到这个数目。这末一想,忽然象背上浇了两股冷水,他弹簧般地站起来沿着办公棹子走了两步,但随又坐下去了:

“你们从前也包过么?”

“当然!”望着孙丘立满脸迟疑,队副便把凳子前移一步:“这决不会出事的;上面还不是包;不过他们包的是大的,我们包的是小的罢了。你想,一个汉口每天要出几十万的输赢,大大小小的赌窝不晓得有几多!”

这些话一句句打进孙丘立的耳朵,一句句都成了意外的新闻,也一句句在那儿慢慢地作怪。“队长是明白人,这里的事都是明中去,暗中来!”——前几天办移交时的这几句话,这才算完全明白过来,而队副也的确没有撒诳。欲望?……廉洁?……现在只要一句话便可以有无数的金钱滚进怀内来,但也只要一句话便可以卖掉整个的灵魂。他感到异样的不安和烦燥。

然而当这两种矛盾心正在剧烈作战时,傍边的队副又象老狐狸精似的作了更进一步的诱惑：

“下面的弟兄们都是有路数的，以后说不定还有其他的外水出来。单在这烟，赌上，前队长一年就有一万把的收入。至于下面的弟兄们讨光也不多。照从前的规矩，队长面前是一半，下面几个长官三成，剩下的才赏与散弟兄们。”

“那末，今天抓的现款在那里？”

孙丘立突然很暴燥地问。声音也有些厉。

“在……还在下面的。隔一下就叫他们缴上来。”老队副带着狐疑的眼睛，含糊回答。

“有多少？”

“两起都不多。大约……一共有百把块钱。”

可是这数目字。孙丘立几乎没有听清楚，他原也并不想要清查。他只两眼钉住队副，严肃地发出他的命令：

“用不着缴上来了。就统统分给弟兄们罢。可是你得告诉他们。这只能有一次。至于说‘包’，那我可不敢答应。倘若以后清查出谁在外边再有这种舞弊行为，我也只有照着公事办的。”

先听着现款要分配时，队副的团脸上的皱纹还堆着笑，但望着那笑意便渐不自然起来而终于变成了一种颦蹙，样子似乎在骂：“你这傻子！”，但又有些敢怒不敢言。这时孙丘立方放松口气，象一个大人先打了孩子又去慰怃似的说：

“队副，须得知道，现在革命军到了过后的政府，已经不比从前。所以这并不是我不准，实在是恐怕将来上面知道了，大家都不好看。”

“是，是，这自然不错，现在我们大家都要讲革命的。”队副也终于苦笑着说。“不过既然有这样一回事，我们得报告与队长知道，行与不行，当然是要队长决定的。”

这样，待队副退出去后，孙丘立才象从恶魔的诱惑中脱了出来而大松了一口气。他想：这样污浊的社会，怎不会使许多人一进去就堕落，又怎不应当打倒！

十　四

武汉似乎无春天。前两天下着牛毛雨，还象冬季那末冷，今天一放晴，竟燥得连绵汗衣都穿不住。

孙丘立领着全队人到歆生三马路那面的旷地上作了一次总操演回来软绵绵地躺在床上，觉得满背是汗，四肢也分外疲倦。想着：自从得着韦志成的帮助，又经过几多天的训练和整理，这烂机器般的队伍，总算渐次灵活过来，而能差堪驾驭了。这样，心胸一轻松，疲倦便更加沉重。于是他遂决意下午到什么地方去游玩一下，明天已经是礼拜了。这时突然映上心来的，便是蓉姊的姿影。自从那天见面以后，他竟忙得不能再去看一次，——不知这位和善可爱的姊姊，现在成怎样了。

午饭后，换过衣服，丘立走在路上一身轻。这天气的变化和工作的松懈，使他初来此地的兴奋和刚接事时的那种紧张暂时冷却，然而就因此，却反觉得心里缺乏了什么一样。……

蓉姊借住的学校是一种古老的建筑。问明了蓉姊的同住者，跟着传达步进了衙门式的两重大门，再从右边一倒拐，在回廊中间便有一道圆门出现。穿进圆门，是一个大天井，天井的中央有花坛，四周也栽着桃李之类，可是似乎一切已经多年失培，都是那末东斜西倾，各自任性生长着的。在这些乱杂的花木之间，丘立望着已无去处，但随着传达步到一根高过屋檐的大石榴树下时，他又在靠壁的角落上见着一道小门，有四五级的石梯可通。

“从这里过去第五间就是。”

站在小门上，传达似乎已经不耐烦了，便伸手指了一排纵立着的房子给他。

丘立看时，这里原是一个极大的后院。一排梧桐树沿着屋檐高耸，正午刚过的阳光透过树叶，又懒洋洋地斜射在白墙上，——有些热。

也许因为统是女人住的原故吧，每间房都送出一股醉人的气味，闻惯了汗臭的孙丘立，这时反觉得有些难受。待他按着号数，步到第五个房时，房门是虚虚地掩着，但窗子则开得很大。从窗口一进，正面有一间床靠着墙壁陈设，床上雪白的帐门只放了半幅，帐顶上隐隐悬着一簇鲜花。再看花下面时，则有穿上丝袜子的两只女人脚干懒懒地高跷着，让黑胡绉裙子落在臀部的四周，袜头与水红小裤之间，露出两段白嫩的大腿。孙丘立几乎打了个倒退。可是刚一掉眼，侧面一张长榻上，也有一个女子枕着手肘斜靠着，样子似乎在昏昏地打盹，也象在愁思什么，——这才正是蓉姊。

他想先敲门。但这时蓉姊已经睁开了眼睛，急翻身起来，预备来开门，一下忽又慌张地掉身过去，先拍醒了床上的女人。

"我到隔壁密斯周那里去，好吗？"

孙丘立刚踏进去，床上的女子已经满眼惺忪的起来凑着蓉姊这样说，声音小得像蚊子叫。

"不要紧的，这就是我的兄弟。"

虽然这样说，但蓉姊知道这位爱装饰的同学一定要去洗脸，搽粉，打胭脂之类，就让她出去了。

剩下自己和蓉姊，丘立这才感觉随便了些。他看看墙壁，壁上是东钉一张美人，西挂一幅像片。又看看书架，书架上有的是长短不齐的玻璃瓶及大小不一的粉盒子。

"刚才那位就是你的旧同学么？"

在蓉姊打了一盆洗脸水进来时，他问。

"是的，这位叫徐若英，就是你那位叫韦志成的同学的小同乡。"蓉姊渗了两股双妹牌香水进脸盆内，又扭干了面巾来递与丘立。“隔壁还有位姓周的。她们两人真要好，连晚上睡都要在一起，因为我是借住，所以她们白天才分一个过来陪我。”

让丘立揩过脸后，蓉姊也边说边洗，洗后又侧过脸去对着镜子微微搽了点香粉之类，然后才回身转来，懒懒地坐在当门的椅子上。今天她似乎也受着了天气豹变的影响：身子总是发软，心里感觉一些无谓的烦燥。在丘立未来时，她正昏昏地靠在榻凳上想着自己的离乡别境的生活，想着自己脱离了囚笼后的一切的空虚。她虽由施璜而认识了男性，但不久她便感觉施璜也不能给尽量的温柔与她，因之也并不是她的充分的理想人物。同时施璜对她的感化，似乎也不能如对于男性那末来的容易，所以她直到现在，也依然只走出了第一步，而不能走上第二步。

“蓉姊进训练班的事怎样了?”

在谈了些起居等类的琐事之后，孙丘立即这样问。

“还没有决定呢。”蓉姊的口调，不特满无主见，而且还带寂寞，“前两天本想去报名的，但听说收的都是高小毕业程度，同时又没个熟人一同去考……”

“那末，现在打算怎样呢?”

“所以正不晓得怎样好呢！——前两天写了封信到上海去问，现在还没有回信。”蓉姊说着，便忽然走过来靠住丘立坐下，样子象是躲开那从梧桐树叶筛到门口来的阳光，也象为的是要问如后的一段话：

“丘立，你在外边听着什么消息没有？他原说到上海不久就要来这边的；但现在据报上说那边都已经占领了，他还是音信两无。……”

丘立知道蓉姊是在耽心施璜。他想得应当说点安慰话。可是一出口，不知怎地竟变成了相反：

“是的，据说孙传芳退的时候，大刀队曾乱杀了不少的人。本来我过路的时候，已经是很紧张而又危险的了；那时我曾同朋友到过一个地方，——记得是宝山路，——那里外边挂的是一块补习学校的招牌，进去也有讲桌，黑板之类，但搬开讲台一看，下面却统藏着枪支，而且还有些手枪是藏在油桶内的。同时，孙传芳的警戒也严。走到街上，就见着明晃晃的大刀探来探去，一不留心，就要……”

这不特不是安慰，而简直象是故意恐骇了。他抬起头来注视蓉姊，蓉姊的一对黑眼睛正直挺挺地望住他，似乎幻见了什么可怕的恶影，连他的话已经中断了都不知道。这光景使他吃惊，同时也起了不可解的感觉；两年前大家都还不认识施璜，大家都还是那样互相亲爱着，两年后蓉姊的心中竟被一个陌生人占了这末优越的地位！

“不过蓉姊也不要太替他耽心了，现在干我们这样事的人，都是有几分危险的。你想从广东打到湖南，打到武汉，打到南昌，不知牺牲了几多人！而且施璜的不写信，也说不定是为的事情忙。……”

虽然是在晓以“大义”，其实也不免隐隐地有点幸灾乐祸。然而因了这几句补充，蓉姊这才果然不好意思似的，把眼睛从丘立的脸上收回，又慢慢移到自己的脚尖上，暂时在那儿停住；约莫过了一会，胸脯一起伏，即微微地叹了一口气，说：

“这自然也是的。……但是你想我一个人流落在这里，怎样才好呢，丘立？现在又不好意思再回家去。在他离开南京的时候，我本想再去学看护，可是他一心要我到这边来。现在那个训练班既不想进去，你说干什么才好呢？”

蓉姊慢慢把话收住，眼睛热烈地望住丘立，似乎在盼望一个主意，也象在说明自己什么都有些干不来。而这孤寂无靠的口吻，却使丘立的刚才的一股不快的感觉纷散了。他想蓉姊的确有些可怜；如果是自己，倒很可以去胡冲乱闯，但一个带了浓厚的小姐性的女子，却不能不是一个大问题。

“对喏，”丘立想了想说。“像那些到街上去讲演的工作，就要有一副卖膏药的本领，——要脸皮厚；至于到机关上去当个科员，股员之类，也得要和许多人作无谓的周旋。这些都不是与蓉姊相合的。”

就这末，丘立终于不曾说出好的意见来。原来在蓉姊周围的三个青年，只有施璜才能谋能行，曹孝植虽很能替别人打主意，可是一到自己的事，就顾虑百出，——就是说有些能言不能行；至于孙丘立则恰与曹孝植相反：关于自己的前程，他很能够去东闯西冲，而对于他人的事，他就有些茫然了。

但毕竟刚才的话，却也说住了蓉姊的心坎。在他刚把话停住，蓉姊即欣然一笑，接着说：

“是呀，连我见着那些女子拿起旗子在街上讲演的时候，我的脸就要红。你想四周都站满了男子，而且一个个都是那末一副尴尬脸，笑嘻嘻的，象看把戏似的望住你，那还好意思讲呢！”说着，蓉姊把头一掉，就低住眼睛望角落，好像面前真有几十只脸孔瞅住她，使她过意不去，而约莫一刻，才又慢慢回头过来，说：“隔壁密斯徐和密斯周也跟我一样，所以她们都叫我不去住那训练班，暂时就在这里读傍听——你说好不好？”

“那当然也行。”丘立这时也才象终于发现了好方法而热烈地说，“横竖傍听正听都是读书，现在又不是要讲什么资格。至于说到经济方面，那总可以设法的，蓉姊赶快去办理好了。”

就在这时，外面忽然起一阵清脆的话声，随即有两个女子翩翩地走进来了。前一个正是刚才的徐若英，但现在已梳妆停当，一件橙黄色的上衣紧紧箍住腰肢，下面细软的黑胡皱裙一走动便荡浪出一股风。后一个，当然就是那位蜜斯周，身才略为粗壮，穿一件自家裁制的印度绸的洋服。

两个人进来都向丘立微微点头，但没有坐。密斯周笑迎迎的走去捏住蓉姊的手，顺便塞了两颗糖进去；徐若英则取一把钥匙来放在棹上，一面细声细气地向蓉姊说：

“我们想上黄鹤楼照像去，一下就回来的。”

说着便搭一只手到密斯周的肩上，蜜斯周也就伸一只藕般粗的白手臂过来抱着她的腰干的细瘦处，然后两个人一同轻轻地向丘立点点头，留下一阵粉香，飘飘地走了。

——小姐！丘立心里想。

在充满了粗灰布军装的女子的武汉，这的确是一对少见的宝贝。然而两人的拥拥抱抱的样子，却一刹那间把他摄住，使他感觉异样的不安，刚来时，在窗外瞥见着的徐若英的睡态，这时又加了进来，他竟连蓉姊也不敢正视一眼。

“密斯周真爱吃糖，身上总是随时都带着的。”

蓉姊手心中摊了两颗粉红色的杏仁糖向他伸来，可是他几乎没有听清蓉姊的话。他只机械地站起来拈了一颗放到嘴内，开始机械地在房内走动，也机械地感觉口内有些甜。这时扰乱着他的心的，是那靠壁的床，床上雪白的蚊帐，蚊帐内打散了的锦缎被，和吊着的一簇鲜花，以及鲜花下的那幅还未消逝的幻影。

为着逃开这一切，他终于两步跨出了房门，站到檐阶上去透了一口气。阶下满是绿青苔，靠围墙处长了几株野花，有两三只蜜蜂拼命在上面钻。太阳光多走了一程，但依然是那末懒懒地烘着，梧桐叶也静静的呆着，没有风。在这静寂中，忽然哗地一声响，不知从那间房泼了一盆洗脸水出来，水即刻象一条长蛇似的，向洼处慢慢流去，但乳白色的凝脂则沉淀在绿苔上，似乎在那里蒸发出一股女人气。一瞬他便见着从那泼水的房门先走出一个挂皮带的男子，后面一个女的跟着出来将房门一锁，便肩擦肩的走了。

“一到下午，这些人便个个都出去了。”

回头过来，孙丘立才见着蓉姊也站在自己背后，笑迎迎的望着那一男一女的背影。

“这样好的天气，当然是大家陪恋人的时候了。”

说着，他便把腰上的皮带一紧，随又踱回房来把棹上的军帽拿住。这种窒息人的空气，使他渐次不耐烦了。可是他也没有即刻走。

“事情还没有忙完么？不多坐一会去？”蓉姊也跟了进来说。

“事情倒没有什么了。……”丘立不自在地用力伸了个懒腰，又深深地吸了一口气。

“那末，我们也出去走走吧，我晓得这样女孩子地方，是你们当兵的人坐不惯的。”

“好吧。可是走什么地方呢？黄鹤楼那面有个首义公园，但里面又全是马粪。”

“那就看战壕去吧，这或许会是你们当兵的人喜欢看的，听说蛇山那面还有些战壕不曾填，我也很久就想去看一下的。”

“好的，你们当女孩子的也得去参观一下丘八们干的事。”

两人就在这样谈笑中同了意；不一刻又走出了校门。一到街上，他们便见着有矮矮小小的一群，手拿着白旗子急急迫迫地向长街那面走去，旗子上现出什么讲演队的字样。想着蓉姊怕见女子讲演的事，丘立不觉侧面过去一望，恰巧蓉姊也在扬起头来向他会心微笑。

“没有红脸么？”

“单看见走着的，倒还不至于。”

边谈边走，两人很快地到了蛇山脚下。这山并没有树，只象怪物似的，赤裸裸地亘在武昌中央，将整个城分成两半。山麓原凿有个地道作为两面的交通，但是一般人说有碍风水，现在早又填上了。跟在丘立后面，蓉姊运动着肥圆的身体，在一条小径上，吃力地向山上爬，而一遇坡路过陡，她简直匍下去攀住草根，有时更窘得要伸手向丘立求援。待快到山顶时，她已经双颊发红，喘得气咻咻的，额角上满是汗珠了。

“嗳，真累人！”

赶到丘立面前，她吐了一口大气，随又敞开领襟，取下汗帕来直摇。恰在这时，一股凉风吹过，将她发散着的热气，直送进丘立的鼻孔。两人就这末暂时站着休息。山下是阔马厂，广场上有兵在操，有人在走，俯瞰下去，就象一群杂乱的大蚂蚁。长湖就躺在侧面，水面满是浮萍，象盖上一张绛黄色的布。山上有卖甘蔗之类的小贩，也有三三五五的游人，而大都是那末一个背皮带的青年，后面跟着一个妙龄女子。太阳光依然强。但时时有凉风吹过，而且一扫着皮肤，就真象在上面“吻”，使人感觉爽快——身子轻飘飘的。

可是这里并没有什么战壕。两人停了一刻，便又沿着山背，时急时慢地走去。沿途上，游人愈来愈少，他们两人也就渐成了“众矢之的”。在那些猜疑的眼睛之下，蓉姊渐渐有些不安，而前一次后花楼的女丐曾呼他们为“老爷，太太”，并又加上“成双成对”的肉麻的话的事，这时又陡地浮上心来，她不觉暗暗里有些不过意。然而就因此，却又不能不使她平空添了一番惆怅。他想着施璜既处在渺茫的情形之下，将来究不知成为怎样；现在虽有两位旧同学同住着，可是徐若英与密斯周两人间的分外的亲热，就足以说明她是一个多余的存在。这末大一个武汉——这末大一个世界，似乎仅仅有一个丘立，才是她目前的唯一的亲人了。

蓉姊正萦回着这些复杂的念头，忽然前面忽有一个人走来抓住了丘立的手。那两道浓眉，那锐利的眼睛和那副严肃的样子，都很象施璜，只是那黑黄的皮肤，和满是灰尘的军服，与施璜的皙白的面庞，及青布长衫不同。

“几时来的?”丘立向那人先问。

“刚到不久。”那人回答。

“住在那里?”

“没有一定，——就要到前方去了。”那人声音很悲壮。

“你呢?”这回那人返回。

“暂时在保卫局。”

“好的，——北京会!”

那人慨慷地收回手，又向额角一举，眼睛射出一股有力的视线，与丘立作别走了，——一眼也没有看蓉姊。

这不免又增加了她的孤寂之感；原来那些常目灼灼的望她的人，都是一种无懒子，在一个可敬畏的人的眼中，她竟是这样的没有一点存在。……

不知又走了多少路，他们终于来到一个有树林的山堡上。举目一望，山下已经是城外，只见一片荒凉的丘陵，无边际的在那儿起伏着。这时头上的太阳忽被一块淡云遮住，一股野风吹来，四周的树叶子即刻瑟瑟地响。柔弱得与那肥胖的身躯不相称的蓉姊，顿加上了恐怖，几乎使她要紧紧地偎住一件什么东西。

“呀，那不是战壕！”

突然，丘立欢叫一声，趴跳前去，在那些矮小的杂木中间，蓉姊果然见着有一条壕沟，沿着山边蜿蜒展布；待她也慢慢排开荆棘，走上前去时，她见着沟内约有两尺多宽，三四尺深，这虽不怎样壮观，但也足以令她起一种严肃之感，——原来刘玉春的兵就在这样的沟中困守了一个多月！她正在幻想着兵士们怎样在里面放枪，又怎样被一颗子弹打流了血，沟内忽然有一个特别宽大而且向外凸之处抓住她的视线，并且那傍边还有一个似能容人的地窟。

“那就是住长官的地方?”她指住问。

“不是!”

丘立觉得蓉姊问得好笑，但自己即先往沟内一跳，又埋着身子钻进地窟内去了。

"蓉姊，快来看，洞里面还有亮的。"

爬出来说着，丘立便伸一只臂膊让蓉姊抓住，再轻轻一牵，蓉姊也就滑下战壕来了。这时她才知道壕内的土壁，原也高过自己的肩膊，伸直了颈脖，仅仅够见一点地平线，一埋头，则全身都隐藏住了。她顿时感觉这战壕的神秘，同时也起了一些轻微的恐怖。

"这是瞭望洞！外面这特别宽大的地方，大概是架机关枪的。"

丘立在傍边这样向她解释。于是她先从洞口埋头一望，随也全身都钻进去了。窟内果然有光。正面的土壁上开了一个方口，从这口子望出去，山下的那一片起伏着的丘陵又展在眼前，可是这视景比在外面看时，却更加荒凉，更加可怕。她掉过眼来望洞内，洞内是冷浸浸的土壁紧紧围住她，而且因为自己的身体挡去了那方口的光线，竟突然变成异常黑暗，就象自己被关进古墓去了一样。也见不着丘立的影子。一幻想丘立这时会把她丢在洞内时，背上便是一阵寒毛倒竖，她即刻倒退出来了。幸好，丘立不特没有逃走，还在笑迎迎的望住她。

"你也打过仗么，丘立？"

胸口还在突突地跳，腿子也有些发软，于是她便乘势坐在壕沟内，问。

“当然的。”这时丘立也对着蓉姊坐了下来，两手抱住自己膝头。“第一次是刚进黄埔不久后的攻打惠州，后来又打过了两次土匪。”

“那时怕不怕呢？”

“自然怕。但是只要打出第一颗子弹后，就什么念头都没有了，想着的，只是看怎样打倒敌人。顶可怕的，还是夜间放步哨。那时一个人就站在这样的山堡上，四周都是黑魆魆的，只要有一根茅草动，一片叶子响，心都要跟着惊跳一下。尤其是广东那地方的老百姓，几乎家家都藏有枪，而平时又分不出谁是好人，谁是土匪，所以在当步哨的时候，就随时都有被袭击的可能。”

丘立说到这里，即把话截住，但一见着蓉姊带着幻想的眼睛，正听得入神，便又将身体略一移动，很感叹地继续说道：

“啊，那时候——深更半夜——站在山堡上，真觉得有些凄惨！在四周一无响动时，一个人便常要抱住枪想起自己硬离开了家，想起离家后的苦中流浪，也想起现在的不知死活的环境，……那股味道，真是怎样也说不出！”

但这时丘立真地不得不把话停住了。蓉姊听呀听的，忽然两颗眼泪扑簌地落到裙上，又即刻掉过脸去用手巾揩，而待再回转头来时，丘立见着那长长的睫毛还有些润湿，眼眶也是红红的。

“怎么了，蓉姊？”

丘立倾身过去，温和地问，心里暗暗吃惊。

“没有什么。”蓉姊勉强露着笑意，说；但随又揩了揩眼睛。“我想，我们两姊妹全都是漂流人，可是你经过这两年的磨炼，总算已经好了，而我还是象半夜站在山头上，不晓得什么时候才得见天亮！”

“但蓉姊不是已经有个施璜了么？”丘立的声音，不觉也有些抖颤。

“你为什么又提到他呢！”蓉姊眼睛向丘立一眃；微微露出不满，想着连一个丘立也要故意疏远她了，“……你不想到我那时的境遇么？你走了！叔父回了省！跟着曹孝植也突然到北京，我硬着心肠挣扎出来，便即刻剩了他才算是你们的朋友，才算是一个比较可靠的熟人，可是现在也竟成了这样子！”

蓉姊把话咽住，两人间暂时保持着沉默。而约莫一刻，蓉姊忽然移过身来，很亲热地捉住丘立的双手，轻轻地问：

“丘立，你有女同志么？我给你做媒，好吗？”

丘立立即感觉心跳，两颊发烧。跟着抖颤着声音，勉强问道：

“是怎样的一个人呢？”

“就是徐若英，——行么?”

“不要!”

“为什么呢? ……不如意?”

丘立暂时没有回答，只觉心里抖得更厉害。但终于一下反手过去热烈地捉住蓉姊的臂膀，毅然地说：

“我一生都不要女同志，至少是在施璜还没有回到蓉姊身边的时候!”

蓉姊猛一怔，痴痴地望住他，胸脯剧烈地起伏着，似乎暂时不懂丘立的话的意思，但随即眼睛一阵发花，无力地倒过去了。……战壕外似乎有虫声在叫。

十 五

在天气打乌的时候，长街上有一长串车子直向前冲，而一遇着前头一部有阻碍时，车夫们便一齐叫着“留到!”，“留到!”用力站住，但终于每个人的拖柄都要在前一辆的背上猛撞一下，坐的人也就跟着要把身子前后一颠。

在这一串车子中间，孙丘立坐着，很发急。七点钟快到了，而车子老是这末一走一停，望着会要赶脱最后一趟的轮渡。

车子拖到汉阳门，已经是七点过了五分。完了！他想只有冒着危险坐划子。可是待他走到江边一看，下面的轮渡竟还未开，虽然上面已经是黑压压的挤满了人。于是他即刻飞跑下去，而在他刚攀住轮口上的柱子时，机器舱的铃子便响了。

一挤进舱中，他便看出今天有什么地方发生了不寻常事情。船上有许多人在兴奋地谈着，也有许多人在紧张地听：

“他妈的，要捣乱就跟他收回来！不理他，他反不甘心。”

“……怕他有枪！人多了，他敢打！”

“对喏，收回英租界的时候我就亲眼见过：大家从江海关一网涌过去，他妈的，守在江边的几个英国兵，拖起机关枪回头就跑！”

“是呀，那时候不晓得什么人一下就爬到江汉关顶上去将青天白日旗一扯，同时一长串篷炮就从上面放下来，——真是说不出的高兴！”

“听说德租界的××铺子统被打坏了，许多人还要冲进×租界去。……”

“还不是！他的妈的短脚干，以为还是从前，可以乱杀人！”

长衫，短裤，军服……各色各样的人物，和腔调，就这样各自兴奋着脸孔，闹动了全船，而大家都是那末表示着自信和力，充满着紧张和痛快。孙丘立想抓住人问个底细，然而在这种情形下，反因自己的这一身军服而不便问。但这越使他心急；在这到处都是火药库的地方，本随时都会来一个爆发，但不料这爆发就在自己离开了职守的这简短的下午。

下船后，他即刻跑上一码头，但街上倒意外平静。于是他急雇一辆车子到怡园，想看看后城马路一带如何，可是下车来，除了见着大家的脸孔都有些兴奋而外，也不见有特别的大变动。待约走了一刻，他才听见前面一片歌声响起，一队兵应着长官的哨子，悲壮地唱着《满江红》，往×租界那面去了。他想事情一定是发生在那面。于是穿过交通路，他急折回本队来。

回到队里，他急向韦志成的房间走去，想问本队是否曾受调动，或者总队是否有电话及命令之类下来，但一到门前，他竟不得不突然站住了；房内隐隐有一阵咯咯的笑声传出，似有一个人被压在床上，连气都透不过来一样。

“起去……会有人来的。”被压住的人似乎勉强止住笑，挣扎出这末两句。

“坏家伙，才过了这几天，就变了心。”

丘立听出这是韦志成的声音。他觉得奇怪，在这样紧张的时候，怎么韦志成会关在房内瞎闹呢？于是他一脚把门踢开，踏了进去，果然见着韦志成螃蟹似的，正摊开四肢，爬在那个女孩子模样的勤务兵身上，扁长的嘴巴还口涎滴滴的在勤务兵的脸上乱咬。

“真正岂有！外边发生了天大的事情都不晓得，还在这里穷开心！”

韦志成即刻坐了起来，可是对于孙丘立所说的“天大的事情！”不特并不惊异，而且还有些满不在乎的神气。他简单地哼了一声，说：

“什么天大事！不过死了个把黄包车夫而已。”

“只死了个黄包车夫？可是我刚才在后城马路见着一队队的兵向着×租界开去，据说那边说不定要开火。……”

“要开火？”韦志成张嘴一笑，似乎已看出孙丘立是在故意夸大其辞。“我猜准是你还不知道底细。”

“的确还不知道。不过在船上听着许多人讲得形势汹汹的，上岸来也的确看见开了一队兵去，——究竟是怎样一回事呢？”

“事情小当然也不算小。据说，先有一个××水兵坐回车×租界，可是坐了车却不给钱，——也许是给得太少。这当然是使车夫不依的。但待车夫跟上去追讨时，冷不防那水兵回头就是一拳，硬将他打倒在地下。坐车不给钱还要打人？旁边有几个车夫就这样大抱不平，一齐上前去，想捉住凶手。但这时，凶手便即刻拔出刺刀来乱斫乱杀，弄得好几个受了伤，其中有一个竟因伤重死了。……”

“那水兵呢？”孙丘立性急地问。

“当然扬长而去了。”韦志成依然是那末不慌不忙，

“可是这消息马上传遍了码头，传到了工会，一下整个武汉都知道了。你想在这样的时候，还有不激动公愤的么！于是有许多人就主张乘这机会收回租界，有的更不客气就将租界外面的几家××店子打得稀烂。……我正得着这个消息的时候，总队的电话就来了，但你猜是什么?”

“叫你在队里玩勤务兵，是不是?”

猜不着韦志成对这件事的轻描淡写究是什么闷胡芦，孙丘立忍不住这样反刺一句。

“叫玩勤务兵还好一点！”韦志成这才愤然地站了起来，一脚踏到屋中，随又车身转来对着同坐在床沿上的孙丘立说：“不过叫的是派兵去保护××人！听着么，叫你明天一早就带一分队人到桥口的××纱厂去，一不准工人罢工，二不准有人侮辱帝国主义者。你刚才见着开去的兵，也说不定是去镇压民众的吧。”

望着，韦志成渐说渐愤激，口沫也往外飞溅，但一刻即又放低了声音，变成了十分鄙夷的神气：

“哼，说我老韦也不革命，把我赶出来；你怕硬要是什么才算革命么，笑话！要革现在就正是好革的时候了，为什么又要讲狗屁的策略！……”

孙丘立这才明白了韦志成是在因为前次的撤差而发牢骚。因之想着事实也许和所说的不无两样。为着明了个究竟起见，于是他遂决心亲自向局里走一趟……

经过半点之后，他又从局里回来，心里这才安定了。他将知道的一切告诉了韦志成，又劝了一阵不要因为一时的工作掉换而灰心等后，即挽着韦志成一同到×租界那面去看群众们的情形。

后花楼与×租界几乎是处在两个极端。两部车子轧出伊呀声，穿着“洋街”，直由西向东驶去。……昔时侵略者跳梁的地方，现在大都关门闭户，象给暴风雨洗刷过似的现出阴森气象，偶从十字街口的电柱上射下来的灯光，在黑夜里，似乎带着一股寒意。过法租界时，虽然灯火较多，而且也有洋铺子敞开门面，但一切都象受着极大的威胁而有一股怯懦气。……

待刚进旧时的德租界时，他们忽然见着有一辆救火车停在街心，而且还有一股水在向着一栋大洋房顶上喷。想着几家被捣毁了的××铺子就在这旧德租界，两人便在这里下了车。然而一下车后，他们却看不出个头绪，那栋房子既不象失火，而且除了几个救火队而外，连一个看的人都没有。

“大概已经散了吧。”

满以为出事地点就在这里的韦志成没兴趣地这样说。可是孙丘立仍主张继续前走，——纵然已经散了，也想一直到边界上去看他们在准备什么否。

于是他们又穿过了两条街；这才见着有三两成群的人由江边走上来，同时也有一部分人在边谈论边倒回去。而前面一个转角上复有一群穿蓝色短衣的纠察队，拿着棍棒站住，他们知道发生纠纷的地点，原来还在这边。待加紧脚步，两人从转角上一倒拐，果然，即刻有黑压压的一街人出现眼前，大家都在那儿转动着，停留着，有的还在摩拳擦掌，跃跃欲试，有的还在胜利地欢笑，时时无目的地乱喊打×××；其中自然有不少凑热闹的朋友，然而大部分都是穿着褛褴衣服的码头工人，及满身汗臭的黄包车夫之类，在那里真正地想复仇，真正地要借这机会发泄出饱压了无年数的怨气。

孙丘立和韦志成两人慢慢地往前挤去，不一刻便果然见着街旁有两家××铺子被打得稀糟烂；一家点心铺的招牌横躺在地下，玻璃窗成了无数的碎片，内面则棹椅也已粉身碎骨，膏饼之类，被践踏得满地。另一家则空无一物，只剩一个柜台，半埋没在倒坍下来墙壁的泥土内。一面在这些乱杂的人群中，复有人高高地站在板凳上，嘶着喉咙向大众劝晓，他们勉强听出那声音是：

“同志们都是很革命的，大家散回去得了，……政府会努力去交涉，不致使大家失望的，……我们要守革命的纪律。”

但大家依然是那末逗留着，转动着……虽然有一部分人听着劝告而退了回去，但即刻又有三五成群的补充上来。孙丘立和韦志成两人在这里看了一回，便又顺着街往江边走去，也想顺便在交界处看看×××有无异动。

“老孙，你今天是不是到你姊姊那里去过?”走到一个僻静处时，韦志成突然过来牵住丘立的手，问：

孙丘立即刻一怔，想不出这突然而来的问话是什么用意，伧促间，竟以为是韦志成知道了他今天的一切。但幸好韦志成即刻又把话继续下去了：

“我告诉你，你若是常常去的话，你千万不要在她同住的徐若英身上打主意。”

“是你已经豫约了的，是不是?”

想着韦志成的素来的“草包”气，而徐若英又正是他的小同乡，孙丘立猜定这其间定又有些蹊跷。

“那倒不是，不过我劝你，不要去白费心血就得了。”

“何以见得?”

“那末，……老实告诉你罢，那是已经有了恋人的；不过那恋人并不是男子而是一个同性，——就是她同住的密斯周，——你说该可奇怪!”

“你怎知道这样详细?想来你已经去白费过心血来的了。”

韦志成不回答，但随即敞开下巴，发出一阵异样的狂笑，直笑得眼泪口水都一齐往外长流，然后才突然敛住，很自暴自弃地说：

“所以，象我们这样的人，还是跟勤务兵寻寻开心算了吧；要革命，别人不相信，要恋爱，还敌不过一个女子，你想还有什么卵用！”

孙丘立这才知道韦志成的时时表现无聊的又一原因了。可是在韦志成的这种真率地绝望地告白之下，他竟毫没有嘲笑的心情；他即刻伸一只手臂过去拍着对方的肩膀，很同情而又带着鼓励的口气，说：

“老韦，那算得什么呢，——一个封建小姐也值得恋？而且你这次的掉换工作也不见得就是对你不相信；总之我们这样在下面干事的人，只好以上面的意见为意见的。比如眼前这件事吧，我们仿佛以为应当乘此机会多收回一个租界，可是在上面的暂把目标集中在一个帝国主义者身上的策略之下，也就只能跟着这样干。老韦，我看你还是不要太消极了吧。”

“这，我自然懂得，”这时，韦志成又慷慨地说，“不过，老孙，你是晓得的，说我老韦也不革命了，那才笑话！你看着，将来是有事实证明的。”

两人就这末很快地走到了江边。可是待他们再向着日租界那面走了几步，黑暗中突有几个纠察队拿着棍棒将他们拦住，据说前面××兵已经堆起沙包，架好机关枪了。

十　六

离汉口两三里远，有一个小镇叫桥口。那里有自来水厂，磨粉厂，制革厂，纱厂，……完全是一个工厂地带。在这些工厂中，有一家规模最大，而可容纳两三千工人的，就是××人办的××纱厂，现在孙丘立带了一排兵正向着这家厂走去。

沿途上有污脏的露天小店，店傍往往是三两只小鸡在拼命觅食；有矮小的茅屋，屋畔也大都是那末一匹瘦猪在烂棚下掘污泥。然而也常与一般城市的外廓一样，这里，一面尽管是这样的贫民窟，是污秽，惨淡的总汇，一面却也常常有高耸的货栈及庞大的仓库之类，在傲视着一切。

但在这路途上，最受人注意的，便是那些零星地散布着的童子团。这些拿着棍棒，披了一块红领巾的小家伙，一见着孙丘立走过，便将两脚一并，一只手拦腰一比，同时嘴上也喊出一声清脆的“敬礼!”。几月前还是鼻浓满面的泼皮孩子，现在竟是这样的有信仰和礼仪化了。

走到镇上，孙丘立即将队伍排列在厂前的两列对立着的工人宿舍间，自己即先进厂去办交涉。及到大门前，他见着门口上已经有五六个女工在那里一面把守，一面又在嘻嘻打笑；都是十五六岁的半大脚女子，每人手中也拿着一条棍，身上穿着深蓝色长袍，头上罩了一项荷叶形的蓝色帽子。踏进大门，门内正是办公厅；一个大马蹄形的柜台圈内，坐着几个××办事员，而一见着身穿军装的孙丘立时，大家的阴沉沉的眼睛，即一齐转成了惊诧和敌意。但待孙丘立抓住一个作传达的中国人说明了来意时，这才又穿出办公厅，经过极长的甬道，被引到一个敞厅上来了。

敞厅上只有空棹子和条凳，而且有两面竟用短栅隔着，似乎是发工资之类的地方。前面长甬道紧联着工人们的进出口，口上的木栅傍，有一个印度司阍无精打彩的来回踱着。后面工房内响出沉重的机器声，显然一切都尚未受着城内的事件的影响。孙丘立一边等一边无目的地端详着这一切，忽然一阵皮鞋声响起，一个矮胖的××人带着一个戴瓜皮帽的买办，已经出现在他的面前了。

“先生是从那儿来的。”

矮胖子满脸狐疑，但竟能说着三不象的北京话。

“从保卫局来；大概贵处已经知道昨天汉口发生的事情的……”

颇有些怕对面听不懂似的，孙丘立故意把话放慢，然而日本人却意外敏捷，立刻接着他的话，说：

“是的；……可是，只是公司来过电话，所以，还不知道详细。……先生来的贵干呢？……”

“就因为昨天的纠纷，汉口那面，竟有人乘机捣毁了贵国的几家铺子；保卫局深恐这边也因为人心的激动，或者流氓之类的乘机捣乱，会发生同样的不幸事件，所以特派兄弟带了一排兵来保护贵厂，现在队伍已经休息在外边的。……”

孙丘立努力说得使对面容易懂，但这次，对面却似乎懂不清了。于是只见那××人傲然将头一偏，对尾后的买办咕噜了句什么，同时买办便必恭必敬，倾身下来，笑怩怩的将丘立的话解说了一番。

“哦，那好极了。”矮胖子回头过来，脸上也即刻露出笑意。“我们这面也正恐怕有乱人进来。……”

“是的，所以很想贵厂立刻找个空的地方，好让兵士们进来住扎。”

于是××人又回头过去向买办咕噜了一阵，买办这才笑怩怩的过来约着孙丘立去察看房间，商议铺位，计划伙食。……待一切都定妥后，孙丘立便在甬道旁边的两道门壁上贴上了“保卫队临时住扎处”的条子，即将休息在外面的兵士带进来了。

将几处冈位派定后，孙丘立坐在临时搁好的木板床上松一口气，几里路的徒步过后，又加上这一阵琐碎事务，他微感觉疲倦了。可是不一刻，他又起来抓住傍边的帽子，而在房里约略踱了几步之后，便又向外边走去了。

一踏出大门，他忽见着守在那里的几个女工把脸藏在荷叶帽下，对他嗤嗤地笑，伧促间，他竟疑惑是自己的脸上涂了墨，但仔细一看，原来其中还有两个紧紧靠住墙壁，各自并好一双半大脚，挺着胸脯，比了个卫兵敬礼的姿势，而一见着已被孙丘立望见了时，这才又嗤的一声，跟着大家羞怩怩的笑弯了腰干。

“你们的工会在那里?”

孙丘立率性就抓住她们问。大家把痴笑忍住了，可是没有一个作回答。待他问第二次时，其中才有一个脸红红的用手向宿舍那面一指，嘴里也说了句什么，但几乎还未被人听清楚时，自己便早又埋头下去，笑得无法制止了。

于是孙丘立只好丢了这些玩皮女孩，向着前面的两列宿舍走去。宿舍系用红砖造成，颇显着坚固象，但却一律矮小，狭隘，而且一间单房就是一家。有的死沉沉的关着门，从窗口望去，只见锅炉，床铺，桌，凳，都乱杂地挤在一起；有的只剩一个污脏的孩子爬在房门前，傍边屎尿拉了一大堆；有的则仅是一匹斑猫懒懒地睡在窗子上，仿佛只要有了主人去上工，自己就很可以百事不管一样。路上撒满了甘蔗渣，花生壳，或橘子皮之类，空中也充满着一股灰尘和煤烟的污浊气。

走完了这两排平行的房子，都没有见着工会的招牌。待从尽头处一转拐，在一段空地的对面，即刻又有一堆矮小的房子远远出现。待他横穿过去，才知道这也是一条短小的市街；其中有杂粮铺，有小饭馆，……而在一家茶肆隔壁，他终于把工会找着了。

一踏进门去，内面便是一间宽敞的集会处。屋心中有两根斜柱头撑住屋顶，上面鱼鳞甲的瓦片和肋条般的搁板，骨棱棱的现在头上。正壁上一幅总理象照例配上党国旗，遗嘱，及那附“对子”，壁下有两张白木棹子和四五条板凳。一切都很简陋，但一切都很整洁。

听着了丘立的脚步声，后面即静静地走出一个人来；一套清洁的蓝色粗布短装，穿在结实的身上，而一见着孙丘立时，便用一种沉着而微近乎迟钝的声音问道：

“同志，想找什么人。”

“我想找会里的负责人，有点关于厂里的事情，要谈谈。”

“好的，请少坐一下。”

那人说着便又掉身进去了，依然是那末静静地。孙丘立觉得自己走进了一所简朴的庙宇：不特室内异常肃静，连传达人也似乎特别有一种敬虔的信仰和严肃的举动。于是他坐在板凳上，漠然地幻想着这次出来的人将是什么面孔，身上穿着什么衣服，谈话时会是如何模样，而不一刻他便听着一阵脚步声渐次从远处响过来了。

“啊!”

孙丘立不竟惊叫一声，弹簧似的站起来了。

来人似乎也跟着一怔，立刻止住脚步，暂时与他对看了一刻，但似乎随即认出了孙丘立的面影，一步一步地走过来了。

“你是从前凤台旅馆的田……”

田司务？田同志？孙丘立跳动着胸窝，抢上一步，但伧促间，竟不知怎样招呼才好。

“是的，我是田焕章。”

来人温和地一笑，又微微打量他的军服，皮带，皮绑腿之类，俨然象匠人欣然地审视自己经过一番苦心后的完成的创作品。

“从前在旅馆内面多承看照!”

孙丘立忍不住先感谢了旧日的那一段好意。但田焕章却反不好意思似的，即刻呐呐地说：

“啊，那，那值不得一谈。”

这时，起初的工人，又静静地送了两杯茶出来，两人便在靠壁的桌子两傍对面坐了。孙丘立觉得田焕章还是从前那样的一幅忠厚脸，老诚象，只是上面添了许多严肃气，而在这气象中仿佛藏着一种力，一股劲及类乎宗教式的信仰心，使人一见生敬。而更奇特的，是对于孙丘立的突然以一个军官的姿态出现在自己面前的事，也并不表示怎样的惊异，似乎早就知道从前在旅途中穷病交加，而自己加以援助过的青年，一定会有今日的一变，现在他只垂着粗壮的两臂，穿着对襟上满有密密的布纽扣的工衣来静待这位青年的说出来意就够了。

然而对于他自己的突然在这会所中出现的事，孙丘立却第一眼就表示惊讶，而现在手一端上茶杯，又不能不继续问道：

“田同志是几时到这边来的？”

“啊，那很久了。”田焕章微微将眼睛往屋脊上一望，但随又收了回来：“本来没有进凤台旅馆之前，就想到这边来的。”

“那末，现在工会里面就是田同志负责？”

“是。”

田焕章即刻从短衣上的口袋里将筋绷绷的两手取出来放到棹上，同时倾着身子，做个豫备听话的姿势。这种毫无普通的闲谈而只急于事务的态度，又不能不使孙丘立再惊讶一次。

“我现在住在保卫局——”

“是。”

“今天受着上面的命令，带了一排人到纱厂这边来——”

“是。”

见着田焕章两臂伏在棹上，一面接应着自己的话，一面注意倾听，于是孙丘立随便也渐渐说明了×租界的水兵如何行凶，民众们是如何激昂，现在政府豫备怎样应付，末了又说明上面是如何希望厂里工人们暂时不必有罢工的举动等事。

“对了，”在孙丘立的话略告一段落时，田焕章这才将身子一昂，仿佛一切都已明了，“现在武汉已经是成万数的工人失了业，帝国主义者又在加紧封锁，压迫，我们再不能罢工了。”

“所以我们现在派兵来的目的，表面上虽说是保护他们，其实是监视他们，假使××人万一也把工厂封锁，与英国人一致行动起来，那，我们的困难也就更渐加大。”

“是。现在我们要先打倒英帝国主义”。田焕章逐渐热忱地说，而语势也竟不是从前那样的拙呐。“昨天听着××人闹了事的时候，我们这里有几个委员就主张罢工，水厂那面还有同志来说愿意帮助去打厂；但是，我说不忙，没有得着命令，我们不能乱动；我想上面一定会派人来的——但万不料来的就是孙同志。”

“对了，现在我们要保守革命的纪律，不要使××人得了借口；现在常常有厂主和店东借故关门来增加失业，来作要狭的。”

田焕章沉着点首。继续伸手端着茶杯；可是并不喝，似乎在想还有什么话应得讲。约莫一瞬，他即放下杯子，略将巨躯移动一下，说：

“好的，我们立刻将孙同志这意见说与各委员知道。昨天因为恐怕有人扰事，所以已经派了几个女童子团到厂门上去看守，现在可以撤回来了么？”

“我看暂时不忙，她们也有她们的用处的。”

“那末，孙同志打算在这边住多久？”

“我明天早上就得回汉口。这里的事大概交与一个分队长办理。至于什么时候撤回军队，那就看上面的命令。”

“好的；那我就在晚上过来和孙同志多谈一谈，还可以在厂里各处走一走；这真是难得遇见孙同志的好机会。”

田焕章随即将两手收回衣袋，谈话就此告一段落。孙丘立还想多留一下，但略一筹躇，也即起身告辞。

这时门外站着不少的人，似乎都在看带了一队兵进厂而又来到工会的这位青年军官在干着什么事。可是孙丘立几乎没有注意到这一切，只梦幻般的穿过他们，逃也似的一直走了，这和田焕章偶然相逢的兴奋还强烈地留在他的心上。……

待走到两排宿舍前时，忽然厂内一声汽笛长鸣，不久即有一群群的工人，像潮水似的从厂口涌出，又向四面八方流去，是正午放工的时候了。孙丘立笑迎迎的望着这些互相呼唤着，兴奋地谈论着，几乎压断了路的男女工人，心里不觉想到：

“这些都是田焕章的群众！”

十　七

时间飞跃似的向前奔踪，气候跟着由暖而转到热。同时地上也愈加咆哮，愈加沸腾，但自从阅马厂轰轰烈烈地送走了许多兵，随后华商跑马场又凑合过一次无万数的人后，这咆哮，沸腾也就由顶点而渐下倾，而渐混沌了。

但在这时，远在北京的曹孝植，却由于孙丘立的一封信而热烈起来了。自从那一次受着蓉姊的一段不明不白的刺激而逃到北京后，他便无心过问一切，课外的大部份时间都是一面抱着失恋的心情来读诗，做文，借此发泄他的无聊的感伤，一面又象一个禁欲的修道，胡乱地读着哲学之类的书，想借此探讨其所谓人生的目的和意义等。就在这种矛盾的生活方式中，他居然不难地渡过了两年的岁月。

然而这一次的涛浪，却又不能不把他震荡了。他觉得这次的出师，不是“五卅”，“三一八”那类运动的空洞，中华民族似乎要在此时大大地翻一个身。所以他从前热过一时的心又渐渐活跃起来，而在得着孙丘立的一封长信之后，他终于决心由海路绕道南来了。

象教徒朝拜圣地似的，一丢掉海轮，他便即刻搭上了长江船。这时，他以另一种眼睛来浏览两岸的风光，以另一种心情来接触船上的人物。尤其在第一眼看见那手臂上载有一个青天白日旗的士兵时，他几乎感动得快滴下眼泪。啊！被压迫了一世纪的中华民族，竟快被这些无名英雄解放出来了呀！这末一想，他便愈将这些灰衣人加以美化，视如神圣；每到一个码头，他都贪婪地望着他们怎样上下，听他们如何谈话；见着他们横冲直闯时，他以为这乃是革命精神的表现，见着他们偶与普通人闲谈时，他便想着这果然是与民为友的军队了。

一面，在这些“与民为友”的军队中，的确又有人表现了两次革命的事实与他看过，所以他的感激，他的近乎“生的门塔儿”的乐观，便愈达于高潮了。第一次是：他见着了二层楼的甲板上有两个小兵背着与身子一样长的步枪，凭着栏干眺望，恰在这时，下面却有两个教会学校之类的学生，穿起打果尔夫球的装束在唱英文歌。于是两个小兵便不客气地叫“打倒帝国主义的走狗”，弄得那两个唱洋歌的家伙脸红红的，几乎要抱头鼠窜。然而这还不算；第二次在一个早上，他又在官舱客厅中见着了另一件不寻常的事。原来这客厅两傍的一二号房都是住的××人，而他们又是常要互相来往的。但同时船上的人又是那末杂沓，涌挤，特别是那些仅有一只网篮，一个被盖卷而并不买铺位的“革命”朋友，更占满了甲板，占满了甬道，也占满了客厅的四周。其中有一个还老实不客气把草席摊在一个东洋人的房门脚下，躺着。但事情就在此发生了；××人清早起来见着门前无路可走，不知有意无意，竟从摊着的席子上踏过了。哼，这还了得！

“你生眼睛没有？”

着军服的革命朋友翻身起来就不依；而且这来势使××人也象突然受了一击的兽，注着眼睛，不知如何反噬，隔了一刻才勉强辩解道：

“这……不是铺位，……是走路。”

但这不清爽的国语更激怒了我们的斗士，一弯腰便从网篮中取出一条马鞭，随即簌的一声打在棹子上：

“我这就不算铺！？妈的，你以为现在的中国人还怕你！干快给我揩干净！”随又转过身子，面向着大家：“你们看：帝国主义，蛮不讲理，那末宽的路，不走，偏要从席子上踏过；你们说该不该打倒！”

大家不作声。但显然都有一幅幸灾乐祸相。这时×

×人缩住腰干，又喃喃了两句什么，可是棹子上马上又是簌的一鞭：

“敢不揩！铺在地上的就不算铺，由你们压迫。妈的，帝国主义，敢说不揩！”

继续袖子左右一捞，似乎马上就要动手。这可令××人员有九分惧怕了，然而似乎又丢不下脸来爬下去揩。就这末缩脚缩爪的，踟蹰了一刻，忽然见着他莫可奈何的，双手一拱，深深地向对方作了两个三不象的中国揖，同时嘴里也象在喃喃着道歉之类的话。

但这情形似乎也出乎我们的革命同志的意料之外了，只见对面的揖尚未作完，他已经将身子一掉，疯狂地向着客厅内的人们欢叫起来了：

“呀！大家请看啦，那！那！××人向中国人作揖了，××人……”

一场天大事这才算完结了。

曹孝植一面望着××人气青了脸，走回房内，颇觉得这个人与个人间的对待，未免有些过火，可是一想着从来受压迫的中国人，今天竟能够这样痛快地反抗，他依然不觉快乐得滴下眼泪。可不是，你们几时看见过外国人向中国人赔过礼，几时见过睡狮般的中国人这样翻过身，又几时见过古老的大陆曾这样活跃过呢！他兴愤，他感激，他白热地燃烧着血液，船走了一趟，他便觉得

“圣地”近了一程。……

当船终于在六码头停下时，他简直欢喜得快要爆炸。天上刚下过雨，路上是湿漉漉的，但他很爽快地将行李交与挑夫，自己再叫车子拖上栈房。江边一列列的租界房子往眼后溜过，但他觉得这些统是中国的了；河里一串串的外国军舰停着，但看来是那末渺小无力，没有往常的那末一股威凛气象；其中一只的甲板上，有一群水兵凑在帐蓬下面奏军乐，洋鼓发出爆炸声，铜喇叭之类一齐象鬼叫，但他只轻蔑地一笑，心想：这都是死的进行曲；迎面时时格支格支的来了一串车子，上面的人把眼睛向他微微映了两下，便又各自对过了，但他觉得这些人也统是极端地可爱。

然而当他的心正在这末驰骋时，忽然车子一倾，即刻停住，一个兵伸手把拖柄捏住了。

“你瞎了眼睛，是不是?”

兵士用另一只手指着短裤上溅的泥浆，气汹汹地向车夫问。曹孝植一看，这原来是一个十七八岁的小伙子，与车夫大小长短都一样，只是各人穿的衣服不同。

“你要从这边擦过，我那来让得及呢!”

年轻车夫一副窘象，站着。可是忽然咕喳一声，那兵一脚将车柄踏下，同时又恶狠狠地用手指住对方的额角：

“那，你就居心搽我一身泥，是不是?”

“那来居心呢！我给你揩干净，好不好?”

车夫果然从腰间解下一根黑汗帕来，打算弯身下去揩。可是：

“不行！谁要你揩！”

推开对方，兵两手向怀内一抄，直挺挺的站着，一只脚依然死死踏住拖柄。

“那，你要我做什么呢?”

“不要你做什么。”

只是不肯放车子。

“我把钱你，你去请人洗，好么?”

车夫无法地揭开肚子，从褡裢内摩了七八个铜板出来。兵踌躇了一下，然而：

“谁要你的钱，笑话！”

这可为难了车夫，但更为难的是曹孝植。他不能象在船上看兵与××人闹那样来看，但也不知怎样加以排解。可不是，一面是革命的士兵，一面是劳苦大众，你能说谁的不对：他只好跳下车来了，为的是尽弯坐在车上，颇有些难过。这一跳却发生了意外的效力；兵望了他一望，这才掉头过来向车夫说：

“哼，我以革命军的‘资格’来不与你计较，下次小心些！”

噢，以革命军的“资格”！若不是挂着这招牌，不还要大闹下去么？——两重人格呀！

曹孝植一面坐上车，一面这样想，但不久也就谅解了：大概这人的信仰还不到地，也许这算是特别的吧；人多了，其中自然就有不顾小节的份子的。

在旅馆中放下行李，账房便即刻拿着秃笔污砚来要他填履历，写保人。我也要人保？他想。但一念及这样的栈房当然不会知道他是来参加革命的人，便也就在簿子上填上了孙丘立的名字。

“孙丘立”？这是什么呢？账房拿起簿子对着眼睛一瞧，迟疑着不肯走。曹孝植想：未必这还不够格么，是在保卫局干事的人啦！但果然不够格，账房瞧呀瞧的随即将簿子放下来，说：

“请先生填个大家都知道的人罢。”

“填个大家都知道的人？再大一点的人物，我就认不得。”

“那就请改孙科好了。”

孙科？曹孝植觉得这未免是在开玩笑。认得孙科，谁还来住你这小栈房！可是账房却一点也不似开玩笑的说：

“不要紧的，大家都是这样。”

说着便又把簿子摊给曹孝植看。果然，他翻开第一页，上面统填的是陈公博，顾孟余之类，再翻第二页，也全是汪精卫，孙科之流。这未免太滑稽了，一个全不相认识的人那能可“保”呢！他想。可是略一踌躇，他也终于照着账房的话办了？……

午饭后，曹孝植便去访孙丘立。快遇着故旧，和快参加工作的两重喜悦鼓胀着他的心。待将名片交与传令兵后，他在传达室中简直一分钟也宁静不下来，而在孙丘立跑来抓住他的两手时，他几乎乐得滴下了眼泪。他很快活地走出了传达室，又经过一个长甬道才走到了孙丘立的房间。可是一打开门，他便吃了一惊，一直到现在的兴愤忽然消逝，几乎使他迟疑着不敢进去。但内面的女子却向他微微一笑，先站起来了。

“啊，原来蓉姊也在这里?”

跳动着心胸，他勉强这末打了招呼。

“是的，密斯脱曹，有好久不见了。”

蓉姊也略带局促，这末应酬一句。

曹孝植没有敢正眼望蓉姊。他怕她那对黑眼睛在欢迎他，同时也怕在对他表示冷淡。他只拿着帽子在墙上找挂处，挂好了又望着丘立替他移动凳子，及打铃叫勤务兵之类。然而在与丘立谈了三五句之后，他又觉得应得和蓉姊谈点什么，才不致显出自身的窘态。于是他有意地望了蓉姊一眼，但蓉姊的眼睛竟意外地没有对他表示欢迎，却也无故意冷淡之意，只是漠然地坐着，似乎心思很沉重。

“施璜现在在什么地方呢？”

末了，他终于大胆地问出这样的话来，虽然连自己也不明白是在对丘立说，抑或在问蓉姊。

可是奇怪的，是两人都暂时没有回答。孙丘立寂然地一笑，欲说什么又止，蓉姊则略把沉重的头一抬，但随又默默地低下去了。

“他没有到这边来么？”见着这幅异样的光景，曹孝植不觉吃惊，再问。

“唉，一言难尽！”孙丘立这才感叹一声，从凳子上站起来了。“蓉姊，你把信给孝植看罢。现在我们大家又在一起了，可惜独于缺少了他一个。”

待曹孝植从蓉姊手中接过信来一看，信并不是施璜的手笔，而是另一个人间接通知与蓉姊的；上面原因写得不大明晢，但显然是说施璜已经死了。他不觉拿着信纸发抖，这意外的消息，一时在他的心上反应得太复杂了。啊！两年前的那末亲密的一个朋友，一个同道，而又是某种意思上的一个情敌，现在已经不在这世上了！

“信是几时来的呢？”

抖颤着手指，曹孝植将信叠好，递回蓉姊，一面无目的地问。

“大约到是到了好几天了，不过转信的人昨天下午才交过来。”蓉姊很阴沈地回答。

“唉！真算是意外！”曹孝植埋着头在房中走了一转，随又坐下来独自叹息。一股追念友人的真挚的哀惋涌上心来，使他想着从前在暗暗中演的那幕喜剧的丑恶，可是转瞬又感觉惶惑的，便是现在竟又有了重演这幕喜剧的可能。真的，现在蓉姊又是一个孤独的人了，而且也同样地有着容易接近的机会！

在这之间，丘立与蓉姊也暂无话，各自默默地萦回着一种复杂的感情。在曹孝植未到之前，蓉姊曾拿着信来对丘立哭泣过，当时丘立也几乎是陪着哭，毫没一点妒意：后来蓉姊又含着泪对他微笑，他也就赔着微笑。这一切，曹孝植都无从知道，更以前的事，他当然更是在梦中了。

“孝植，你是暂住在栈房内面呢，还是打算另租房子？”孙丘立终于先打破了沉默，问。

“我想暂时就住一下栈房罢，”曹孝植略为踌躇一下，说，“现在的根本问题，还是在决定一个工作。”

“也行。那末我们明天去找一找上面负责的人罢。不过要早一点去，通常在八点钟以后，便不容易会着的。”

“你说去找谁呢？”

“一位国府委员。这是在广州的时候时常见面的。由上级机关去找，路数比较宽，而且工作也适当些。”

知道并不是工作在等着他，而是还要他去找工作，曹孝植不免略略感觉意外，但一想这或许是孙丘立在为他筹划一个较高的位置时，便也就欣然承认了。于是一股希望心使他重新恢复了高兴，同时又因为蓉姊的在座而感着局促，便即刻与丘立约好时间，回栈房了。

次日天亮不久，曹孝植便起床，洗过脸，走了出来。街上人还不多。天气依然阴暗，猜不定是晴是雨。后花楼一带渐渐凑来了贩菜的篮子和娘姨，一两个“大角子”的争执，开始着早市的热闹。待走进了独安里时，又是一片静寂，几家下等娼寮还关得紧紧的。穿出里，走到空地上时，空地的一隅有一匹野狗在另一匹的尾后紧追，紧闻。

走进队里时，孙丘立也刚才起床。勤务兵正惺忪着眼，在慢慢地冲茶，打洗脸水。

“还来得及么？”

等着孙丘立洗过脸，漱了口，开始穿军衣时，曹孝植即耽心地问。

“当然来得及。”

孙丘立说着即伸手把床头上的表拿到耳边一听，随又将机械上了几手，放到怀内，这才开始挂皮带，穿皮鞋。

“现在还不到七点。只要在八点钟以前，大概是在家里的。不过因为上公馆去的人很多，所以我们才早点去的好。”

走出房门时，孙丘立又这样追加说明，可是这时曹孝植却反有些不快意了，一股久已成习了的自尊自傲心突然涌现出来，几乎使他失掉了继续前走的勇气：这末一大清早就上私人的公馆，那不与钻营猎官之辈无分别了么？为何一个革命地方也会有这末一套！……但幸好，不久他的理智即告诉他：别人之不曾来欢迎他，乃是除了丘立而外，没有人知道他到了此地，而且他自身的上私人公馆，也不是为的要获得一官半职，而是为的要参加革命！……这样，他的脑中便又开始计划着见面时应谈的话，而终于跟着丘立坐上了黄包车。……

不一刻车又在一家大石库门前停下来了。一进门内，天井的角落上停了一部半新旧的包车。待走上一个长石梯后，这才是二楼的会客室。室内没有华丽的摆设，只是靠南窗前的一张大餐棹边，已经坐上了好几个人，还有两个在屋中轻轻地踱来踱去的。曹孝植下细一看，大家都是一样的年轻伙子，但大家都一律穿着军装，似乎对于自己的一身长衫，颇有一幅瞧不起的神气。待孙丘立拿了他的名片进去后，他只好局促地在餐棹傍边坐下，希望着即刻会了面，逃开这些可厌的眼睛。

移时，孙丘立果然从里房出来了。曹孝植心里一喜，即刻站起来，预备跟着进去。可是孙丘立很抱歉似的，说：

“还要等一下，里面好像忙得很。”

于是他只好又坐了下来，脸也跟着红了。……

望着，其余的候见者，都一个个地先后进去，而又一个个地先后走了。座上时时有新进来的人补充着。在这期间，孙丘立常常焦燥地进去打望，但每次都又是一副抱歉的脸孔走回。

不知几时，曹孝植忽然注意到后来的人也在先他进去，而且也在楼板上踏着洪亮的皮鞋声，得意地先他走了，可是老没有到他名前的份。

“这些都是来找工作的么。”他终于忍不住，偷着向丘立问。

“不是，都是来报告工作的。”丘立回答。

难怪！曹孝植暗暗地想。一念着自己的会见，大约要落到最后，他便率性拔开旁边的落地窗，走到凉台上去望街。可是街上老是那末些黄包车往来，车上也照例多坐着那些抱皮包，挂皮带的青年，并没有什么稀奇事能转移他的焦燥的心。他几乎想即刻打转了，但刚一掉头，隔壁凉台突然露出一幅艳景，才勉强把他留住；一个少妇披一件粉红色的薄睡衣，懒懒地踱了出来，对着空中吐气，而风一拂动睡衣，便将赤裸裸白脚干一直裸露到大腿，使人见了心摇摇的。

“真象一个私娼!”

曹孝植猛一惊，急回过头来，原来是孙丘立站在自己的背后说话。于是他又红着两颊，与丘立一同折回房内来了。

房内这时只剩下三五个人，而且楼下似乎已再没有人补进来了。壁上的挂钟的时针快指到八字。曹孝植真有点过意不去，这样地等候会人，还是生平的第一次!望着剩下的三五个人也快要走尽了；孙丘立似乎也不好意思再进去探望，只陪着他在餐棹旁边死等。

约莫在八点十分的时候，“主人”终于忽然亲自走出来了。原来是一个着长衫的斯文人。一见着孙，曹两人一齐站了起来，他便欠着身子，连连点头，但忽又慌忙地一倒拐，竟走到对面一间小房中去，从衣服架上取了一顶帽子拿在手上，而且似乎即刻就要走出房门。

“这就是想要会委员的曹……”

孙丘立着了慌，即刻赶上前去迎面拦住，曹孝植也马上跟了过去，但“主人”乘势将帽子往头上一戴：

“请去找青年部长，我那边就要开会了……”

说着，便象躲账一般的，强着走下楼去了。这意外的场面，把两人都呆住。曹孝植的脸孔更由红而转青，前额上的两股静脉飞胀得象蚯蚓。

“这样忙！……”

过了很久，孙丘立才勉强说出了这末一句，可是曹孝植也几乎没有听见。他木偶似的回身过去拿住帽子，又木偶似的与丘立一同走出了公馆门。他深深地感觉受了极大的侮辱，又深深地感觉对不住自己；自己从不曾上过私人的公馆，而这第一遭竟演了这样的丑态，而这第一遭竟把过去的高洁毁坏尽净。虽然是闹热的街头，但他看得见的，只是那委员临去时的一刹那的光景，听得见的，也只是那“找青年部长去”的一句话。找青年部长？为什么要再去钻营呢？为着革命么？革命而须得自己去苦心钻营，则这革命也就不稀罕！这末一想，他的对革命的心简直由忿怒而变为诅咒，由白热而一降为冰点了。

这时孙丘立也默默地感着不快。他想这位委员也太岂有此理了。既然无时间会见，既然是那末一句话，何不早对自己说明，何必使人空等这末一场呢！假如是另一个人，也许不把这当一回事，可是曹孝植曾因被叔父说过一句“无学生的礼仪”的一句话而遂永不上叔父之门的那种性癖，一定是对此感觉难受的。

“我们还是坐车罢。事情可以不必忙；现在先到我那边去吃了饭，再慢慢决定好了。”

走到十字街口，孙丘立才站下来带着安慰的口吻说。

“你那里也可以不必去了，现在我很想回栈房去休息一下。”

曹孝植样子很颓丧。因之孙丘立颇觉得不忍即刻与他分手。而在略一迟疑之后，他终于提议道：

“好的，那我也就一同到栈房去。吃过饭后，我们还可以到血花世界去玩一下。”

曹孝植似乎已懂得了孙丘立要陪伴他的好意，便也点头承认了。……

栈房在靠近河边的河街。街上满是苦力们在扛抬荷物，和行人们的性急的乱窜，——闹杂，扰攘，简直比后花楼一带还甚。

走进房内，房内也异常昏暗，狭隘，一不留心，脚便要踢着板凳，撞着棹子。曹孝植让孙丘立坐在床沿上，自己便去叫茶房打水，顺便又把门外的电灯机关扭开，丘立这才见清了房内的一切：被盖卷在角落上还没有打开，小皮箱斜搁在靠壁的木凳上，只有一只网篮的肚皮被抓开了，——内面现出旧书本，脏汗衣，破袜子……一股凌乱不安的气象，又使丘立想起了自己从前在凤台旅馆中流落的样子。

“怎么不找好一点的地方住呢？”

待曹孝植转回房来，丘立不由得这末问，同时又顺手把后壁上的窗子打开，想透一透气，可是窗子竟紧对着邻家的砖墙，墙脚下一股小便气直冲上来，使他即刻又关上了。

“原来就没有预定久住!”曹孝植很销沉地说，“其实这都是我估量错了：我老以为这边是事情在等着人，谁晓得来了过后还是要自己去找事。”

“倒不是什么估量错了，孝植，我的信上不也是那末写的么。”丘立依然是抱着歉意和同情说，“不过，老实告诉你，现在是时间差了，一面是许多事情都已固定下来，一面却又是许多事情在起新的变化。”

孙丘立随即靠身过去，低着声音，细说了很多事情，又解释了今天的那位委员为什么是那末忙，曹孝植的脸上望着也就渐显出惊异，这惊异一瞬又转成了更大的幻灭。

“是的，我不能怪什么人。”他终于叹息一声，打断了丘立的话，“可怪的还是我自己，现在我根本是一个局外人，即使来早一点，我想也差不多。可不是，这两年来你们都在努力，而我却是过着脱线的生活，所以现在当然一切都是在梦中，一切都赶不上。……同时你也晓得，我素来是恨贪官污吏的，我不能混到那一面去；但唯其如此，我不能不暗暗地感觉有很大的悲剧在我的前面，因为将来会是到处都没有我。”

曹孝植愈说愈真挚，但话声也愈说愈低，末了几乎成了感伤的调子。这突然来得这末快的消极，简直使孙丘立觉得不可解，他不知前两年曾以奋斗相劝的人，为何竟有了今天这样的一调。……

好容易这时茶房才拎着开水进来了。一进门，他眼睛先往点着的电灯一望，然后才冲茶，而在问过怎样开饭等后，便又出去“喳！”的一声将电门开上了。

“小栈房真讨厌！”

孙丘立忍不住这样骂了一句，便又乘势劝曹孝植即刻在外面另租一间房子住。在两人商议了一会之后，他们便决定将午后到血花世界去游玩的预定时间，用来寻找出租的房子。

十　八

得着勤务兵的帮忙，孙丘立很快地把房子租好，又经过一天的调理，娘姨，简单的炊具，桌椅，藤床等也就跟着齐备，而且为着使曹孝植让自己出费用，使曹孝植不致感着寂寞计，他把房子作为自己租借，他每天过来陪着一同吃饭。

一切转变成异常的沉闷，郁积。只有太阳一天火刺一天。地上的大气由灼热而变成熏蒸，整个武汉，象烧得快要爆裂的洪炉。因之一到午后，孙丘立的队里，也就不得不陷于休息状态。……

一天，他在曹孝植处吃过午饭，略谈了一阵时局，便回队里来睡午觉。然而在一只藤椅上辗转了许久，竟毫不能入寐。这，一层是由于太热，一层还是由于刚才的谈话，使他想起了这走马灯般的时局的旋转，竟使好友曹孝植老不能有个适当的位置，因之也就有许多杂念伴着兴奋死死纠缠着他的头脑。于是，他率性坐了起来，随即拉过傍边的蒲扇来当胸乱挥，但心里依然是一阵烦燥，一阵不安，就象预感着有什么不凡事快要发生一样。

末了，耐不过这身外的蒸热和心内的郁积，他终于站起来按铃子，预备叫勤务兵打一盆冷水来洗头，但就在这时，忽然一个传达兵走来说外边有客会。

孙丘立急探首门外，果然甬道上有一个满头大汗的青年军官，慌慌张张地向前走来，而待他刚认出这也是一个同学时，对面已经在气咻咻地向他直叫了：

“孙丘立，刚才听说你在这里，正有点急事要找你。”

“什么？你在那里工作？怎么急成这个样子。”孙丘立略吃一惊，即刻迎上去捉住对面的双手问。

“在×地吗！是前两天才被赶回来的。”

客人从额角上抓一把汗往地下一扔，这才一屁股坐下来带一点四川腔，说，一面还不住地喘气。

“怎么，被赶回来的？那边情形怎样？”孙丘立也性急地问。

“好还回来！简直象逃难一样！……现在又要快到乡下去。”

“噢，”孙丘立知道了近来听的许多话果然不虚，不觉一怔，但即刻又追问道：“那末，打算几时走呢？”

“明天就要走，所以有一点事要即刻找你……”

来客窘急中又略带一点尴尬相，使孙丘立疑惑是要借路费之类，但一下他知道事并不然：客人枝枝节节地说他原来从上面领着了一百元路费，可是待他带着钱到澡堂去洗了澡出来，这笔款竟“不翼而飞”，而且他以为这一定是澡堂的茶房扒去的，所以要孙立丘派人去替他清查回来。

“原来是这样。”听完了话后，孙丘立皱皱眉头，但伧促间，竟不知道怎样去“清”，而且也不知道偷的人是否就一定是茶房。可是，这时客人似乎已经看出了他的迟疑，而又不耐地说了：

“一定是他偷去的！我去的时候并无傍的人，洗好了出来也还是只有他一个，——这一定是他偷去的。”

“但是你明天就走，怎来得及呢？——不能够多延一天么？”

“不能够，多延一天就要误期。本打算一洗过澡就上船的，现在至多只能延到晚上。”

“好的；我马上派人去清查，你晚上再来一趟好了，”孙丘立终于毅然承认了；但一念着事情无确定把握时，便又向对面嘱咐道：“不过，为着不致耽误了船期起见，顶好是我一面与你清，你也一面在外边去设一设法。”

“早已就设过法了！但是设法的结果，就是晓得了你在这里，——几个朋友都是穷光蛋。”

来客说着，即从棹子上抓过扇子来敞开衣扣直摇，一面焦燥地在屋子内埋头走动，但不一刻忽又两脚一停，哗的一声将扇子抛下：

“好了，总之我晚上再来一次，现在我还要到一个地方去。”

客人说了，也不听清楚丘立的回话，便又淌着大汗，性急地走了。

这里，孙丘立站在门上，一直望着客人的背影消逝后才打回头，那种慌张，狼狈的样子，在他的心上留下了一股浓厚的不安的暗影。但约莫沉默一刻，他即很快地用勤务兵打来的冷水洗过脸，一直向队副室走去，心想这正是用得着这位老狐狸的时候了。

一进门，队副也正在床上睡得四腿长伸，带皱的脸孔冒着汗珠子，一股口涎从半张着的嘴角上流成一条线，而一被孙丘立叫醒时，便慌张地翻身起来，一面揉眼睛，一面连声请坐，随又拖着鞋子，从棹上抓过水烟袋来，划火柴，点纸煤。

“不要客气，队副；正有一点紧急事情想你去办。”

推开那照例要先向自己递送一回的烟袋，孙丘立性急地说。

“是，”队副吹明了纸煤，但即刻又吹熄，不知孙反立要说出什么事来。

“是一件黑案子。一个朋友到澡堂去洗澡，被扒去了一百块钱。……”

“噢，”队副眼睛骨碌一转，说：“当场有些什么人呢？”

“只有一个茶房在那里招呼，别无一个另外的客人。”

“那末嫌疑就在这茶房身上了。”队副皱皱眉头，推测。

“是的，我那朋友也是这末说。所以请队副赶快去清一下。”

“那很容易！”队副放了心，即刻又把纸煤一吹，深深吸了一口，随又从鼻孔喷出两道白烟，很有把握似的说：“只要带两个有路数的队士去走一趟就可明白的。”

“那末，派谁去呢？”

“队长可以不管。”队副继续抱着烟袋深深地抽，“这事完全交在我身上好了。”

“可是要快，队副，我那朋友晚上就要上船。”

“好的，队长紧管放心！”

队副果然将水烟袋往棹上一放，即刻站起身来穿衣服，拔鞋子。……望着这满身起劲而又极有把握似的样子，孙丘立也就安心地回到自已的房内来了。……

但约莫过了一个钟头，队副即打了回头。

“怎样？”孙丘立即刻站起来问。

“报告队长……人是带回来了，但是他不肯招认。”队副竟意外地突然转成了满无责任的口调。

“那末，看情形来，钱是不是他偷的呢？”

“这也难说。……要是队长的朋友捏得有什么把柄，那就好说话了。”

“那你也承认这不是他偷的，是不是？”

孙丘立突然提高嗓子，怒视着队副说。一想着这老狐狸的态度的豹变，说不定是在暗中捣鬼，心里不由不感着一种可恨。但意外地，队副只将眼睛约略一转，勉强陪了个笑意：

“那我倒不敢说；所以顶好请队长亲自去问一次，看应当怎样发落。”

“现在人在那里？”

“押在下面传达处。”

“好的，待我去看一看。”

于是孙丘立气忿忿的开始穿衣服，两只手指也神经质地微微发抖。队副则站在一傍觊觎着，似乎在猜测这年轻人究竟能干出怎样的事来，而在孙丘立一踏出房门，也就紧紧地跟在后面。

可是刚走进传达室，孙丘立心中一惊，双脚即刻停住，他几乎疑惑是自己的眼睛发了花。对面角落上一个披青色对襟褂子的流氓家伙，一见着他便也眼睛骨碌一转，脸上一股惶惑气掠过，跟着就狡猾地想极力躲开他的视线。……啊，落到手上来了，——这原来不差不错，正是两年前凤台旅馆中的茶房王金华！但这时他却像一匹狮子突然发现了自己的获物而不知怎样去抓一样，仓促间竟说不出一句话来。

“这就是队长，看你怎样说。”

跟在背后的队副，似乎认定了他毕竟是外行，——不知怎样开口，就这末走过来象在介绍朋友。

可是孙丘立一下便直感着犯人是王金华无疑了；于是两步走上前去，不露气色的问道：

“你就是洗澡堂的茶房，是不是？”

“是。”对面阴沉沉的，敌对地答应。

“那末，你已经知道你犯的什么事了罢？”

“我没有拿他的钱！”

“那末，是谁拿的呢？”

“我怎晓得！”

象落了网的困兽，王金华蹲踞在角落上；眼睛似乎受不住孙丘立的冷冷的逼视，而时时打闪，但样子则异常倔强。孙丘立暗暗想果然不愧是这一道中的人，可是他依然冷静地问道：

“你不晓得谁拿了钱，但是你应当晓得那时澡堂内面只有你一个人在管照。”

“我晓得他在什么地方失掉了的？——自己不留心，怪得着谁呢！”

“谁无故怪你！”

孙丘立这才突然一掌打在棹上，几个杯子立刻锵啷一声，跳了一寸多远；望着突又掉身过来严厉地对队副命令道：

“叫两个人来！”

队副略一迟疑，但也就即刻把一同到澡堂去过的两个兵叫上来了。

“与我扎起来。”

两个兵也不大起劲，但也终于迟迟地找了一根朽棕绳过来，又将王金华的两手反到背上来马虎扎住。这一切孙丘立都留在眼上，——所谓两个有“路数”的兵和队副，显然都是与王金华一气的。可是他也权为不管，只又严格地命令道：

“与我牵出去吊起来再说！”

这回两个兵却露出碍难气色，不知所措地相顾站着。就在这时，只见孙丘立右脚一顿，霹雷般的咆哮起来：

“赶快！谁迟疑就处罚谁！……”

在孙丘立的严厉监督之下，两个兵才无奈地将王金华牵到甬道上去，又慢慢地找了一根杠子来将两头搁在两傍的窗子上。可是待将棕绳搭过杠子，刚用力一扯，只听得“喳!”的一声，——王金华的两脚还未离地，朽绳子已经断了。两个兵又是呆呆地站着。

“滚开!”

孙丘立一脚将傍边的兵士踢开，即刻转到房内拿出平时惩罚部队用的刑掌来，豫备亲自动手。王金华的刁狡，和部下的暗暗捣鬼，终于激起了他的两重愤怒。……

然而意外得很，待他刚举起鞭子，拍的一声打到傍边的柱头上，只见那满以为是条硬汉的王金华即刻象倒山似的，扑通一声，双膝跪下：

“队长开恩哪！钱实在不是我拿。……我认得队长就是孙先生的，……请孙先生开恩哪！……”

“哼！我也认得你是王金华，才晓得钱一定是失在你手上，看你愿意承认下来，还是愿意吃鞭子。”见着王金华竟意外不是一条好汉，孙丘立率性又是簌的一鞭威胁下去。

王金华身子顿时缩成一团，就乘势在地下磕了一个头，然后又勉强抬起面来，做出万分卑鄙的样子，放出妇人般的哭声，求饶道：

“那末准我回去慢慢清查罢，说不定是同事中有手脚不干净的……望孙先生开恩哪，我是认得孙先生的!”

“哼！爽气点罢，你拿了别人的钱，我开恩有什么用。……”

这次，孙丘立没有再挥动鞭子了。王金华的卑躬屈节的丑态，使他既觉又好笑，又可厌，想率性拷问个痛快，但忽地也不愿使对方疑惑自己是借故报复的无器量的人。

两个兵和队副楞在一傍，无不感觉这年轻队长与王金华的对话是一件意外的事。而在王金华爬在地下，再卑鄙地作一次恳求时，队副即带着暧昧的笑意，走过来向孙丘立代为说情道：

“请队长暂时息息怒好了，他既然承认回去清查，就限他一个时间去清，倘若清不出来，再看他怎样的说。……”

把队副的话听在胸中，孙丘立暂时一声不响。约莫沉默了一刻，他才突然转身过来命令两个兵将人牵回传达室去，随又把队副叫到自己的房内来。

“队副，你们马虎事情，也得认一认人罢，”回到房内，孙丘立让队副站在一傍，厉声说道，“难道这样明显的事，也瞒得过我的眼睛么？若是掉一个人，我还不敢武断，但是王金华是我两年前就在一家旅馆中遇过，并且当时就知道了他是帮口上的人，这大概是你们万不曾想到的罢。老实对你说，钱一定是他拿，说回去清也是空事，不过这些我都不管，我只把事再交与你去办一次，叫他无论如何，得在天黑以前交出来，倘若再有什么曲折，那时莫怪我不替大家留情面。……”

队副听一句脸上红一下，可是终于唯唯的退出去了。

移时，孙丘立即站了起来，又兴奋地在房中走动。旧时凤台旅馆中王金华替主逼债的情形和刚才爬在地下求饶的一幕一齐闪映到脑中，使他感觉天地间的一切遇合都太奇离而又太自然了，并且各种人所作的各种事也象是生前就有一定！

闷热依然不退。两朵暗云在天边死死停住，——没一丝风。懒懒的鸣蝉虽然继续在叫，可是那得意的喉咙，似乎也有一股倦意。……

约莫踱了一刻，孙丘立即霍地躺到藤椅上去望着天花板吐了一口大气。今天王金华的突然落到手上，似乎替他了结了一重心愿，而一想起那失了路费的同学的奔波情形，似乎自己两年来的生活，也要快在此告一段落。但正在这时，队副又走回来了。

“办好了没有？”孙丘立坐了起来，脸上还现出兴愤。

“报告队长，……都是我一时不曾留心。照现在看来，倒象真是他拿去了。”

谁稀罕你来取巧！孙丘立暗暗地想，但终于又性急追问道：

“他已经承认偷了，是不是？”

“倒还没有承认偷，不过已经承认了赔。”

“赔?”

“报告队长，这不过是句转圆的话。我看，只要他承认赔出来也就可以了。……可恶的还是两个队士，我以为他们比较有路数一点，那晓得竟至瞎起眼睛不看事，几乎弄得我也被瞒过去了。……”

队副看看孙丘立的颜色，可是孙丘立竟没有理睬他的这些话，只继续问明了两个兵是否一同跟在澡堂内，钱是否在天未黑以前交出来等后，才象下判辞似的说：

“好了，事情就在这里完。本来王金华应得送局坐监，但我并不想再作追究，你们中间也不能说谁才特别不好，但我也同样不想处罚谁。实在现在仅处罚一两件事和办一两个人都没多大用处，——这保卫队和许多事根本就要不得。不过，队副，我劝大家得早些回首才好，不然，将来是一定会有人来作全体处分的……”

队副站在一傍，似乎不大懂得这话是什么意思，可是一知道孙丘立并不想处罚谁时，也就满足地走出去了。

天刚黑，同学果然来了。依然是满头大汗，依然是那末慌张。而从孙丘立手上接过路费时，便悲壮地说了一声“后会有期!”即刻又从黑暗中消逝了。

这里，孙丘立暂时暗淡地呆住，可是转瞬也就释然。原来他早就有了他的人生哲学，那便是——

滚到那里算那里!

十　九

处在武汉三镇上的人，渐成了热鼎锅上的蚁：不特身体在火刺的地上受着烙炙，而内心也在极度的恐慌中受着威胁。望着，店铺中渐渐换不着铜板了，许多人捏起五块十块的新钞票，可是结果往往兑不到一斤面，一升米，甚至一篮菜。往日常被无限长的人的锁链压断了路的街头，而今只有稀疏的行人慌张而喘息的走过，从前的那些震动云霄的呐喊的声音，现在逐渐变成了惶恐的窃窃的偶语。自然有时也偶有一批人拿着几把新的旗子走出来想说点新的花样，可是一见着街头上毫无人过问时，似乎也就多躲到公园之类的角落上去胡混一阵完事。

在这种极度窒息而混沌的空气中，有时会突然有一二响清脆的枪声掠空传来，好似这沉淀着无数渣滓的大锅炉，终于起了破裂的信号，也象在满天黑云中现出了电闪，预示着快有一场暴风雨的到来，而在每次枪响过后，便有人失色地猜测是歆生三马路在枪毙人，也有人估量是新市场的伤兵在闹事，——不过事实上似乎两方都没有大错。

住在政府机关中的孙丘立，当然更明白这时局混沌的原因，可是这闷葫芦却又揭穿得这末慢，使生性好动的他，简直有些不耐烦。妈的，率性把军队开出去打他一仗罢！在气闷不过的时候，他会独自这样幻想，可是事实上，自己的队伍除了每天分班到小河边去洗澡，浣洗自己的衣服而外，几乎一切操练都已停滞，而且从前的恶根性亦加速度地恢复旧态了。

一天早上，他趁着太阳还没起来，便到自己所常去的几个地方找人，可是走一处是人不在，走第二处是已经搬了家；他的心略一惊，忽然想起有好几天不曾接着总队长的电话了，但转身走至总队长的寓所时，里面的人竟告诉他说总队长已经于昨晚上搭船走了。

一切都明白了！外边的变化毕竟并不算慢。这时孙丘立的心一阵紧张，便打回头，在路上他已经决定了三件事立刻要办：第一，叫队副赶快办交代；第二，通知蓉姊决定行止；第三，顺途曹孝植处去商议“善后”。

走回后花楼自己所管辖的地带时，他特别留意了街上的秩序，但街上聚议的人似乎比往常更多，一家杂货店前，有四五个穿草鞋，着短裤的兵，似乎吃了闭门羹，恶犯着眼睛不肯走，另一家饮冰室内，有一个穿反领衬衫的人，拿着纸票硬要老板倒找铜板，吵闹得满头大汗。此外，似乎还间有箩篼，箱子之类在偷偷地溜走，说明敏感的人，又在开始向“洋街”上搬家。

孙丘立在街上巡视了一回，便忽然先回到队里，吩咐分队长在要口上加上双冈，遇有搬动家具者，一律挡回，并多派四五个队士到街上去巡逻等候，然后才走到曹孝植的寓处。

这里是一条巷子中的旧式三层洋楼；与正街上的闹杂混乱比起来，倒有另一番闲静气象。客堂中，房东太婆正与几个邻妇围住桌子打“上大人”纸牌，一见着孙丘立进来时，便移动着小脚，拿一张新钞票过来，象质问财政部长似的说道：

“嗳哟，你们在局里做事的先生们怎么都不管一下？是‘么’地方发出这些花花绿绿的国——库——卷——，连一个大角子（铜板）都不值！”

“跟你家讲：我们局里办事的人只晓得抓赌，倒请你家当心些。”

孙丘立说着欲走，可是兴致很好的太婆却一把拉住他，又噜嗦道：

“你家只顾说笑话！外边讲又要起乱子了，真的话，我们就朝你局里面搬！”

“那倒不要紧。你家就不搬来，我们也要先派兵来保护你老人家的。”

“啊唷，哈哈哈哈…………”

在大家的笑声中，太婆才终于满意地放了手，孙丘立也带着苦笑，立即走上了三楼。

走到亭子楼前，孙丘立先遇着了女佣。可是今天这位老妈子并不作声，只将下颚往前楼一翘，同时异样地微笑了。孙丘立有点莫明其妙；只好一直往前楼走去。但待他刚把把手捏住时，只见房门往内一开，一个十八九岁的穿大管裤的女子，手上拿着一件什么东西，脸红红的急窜出来，一瞬又窜下楼去了。他认得这原来是房东太婆的大姑娘。

“呀，来得好！正在无办法的时候。”

踏进房内，曹孝植即向他这样说。照例，孙丘立来时，多是见着他是懒洋洋地躺在床上看书报之类，但今天却坐在写字棹前，而且脸孔也是红红的。

“怎么算是来得好呢?”

孙丘立愈渐诧异；但曹孝植立即站起来递一张皱皱的纸条与他，一面苦笑道：

“你瞧这家伙；真有意思!”

孙丘立接过来一看，只见纸条上写道：“〇〇先生与〇〇女士于〇年〇月在〇地方行结婚典礼。”

“是那位大姑娘写来的？”丘立问。

“对了。”

“她写这来做什么呢？”

“不晓得么？但是你如果知道这纸条之外还有一只金戒指。我想你定可猜着一半。”

“是不是来求过婚去？”

曹孝植笑着不答。只站起来在屋中踱小圈子，样子很兴奋。但瞬即唬地向空中吹了一口大气，喟然叹道：

“幸好的遇着我！假如掉一个人，不晓得会要发生怎样的罪过。”

“怎么几天不过来就发生了这样的事呢？”

“其实我也不料世上竟有这样简单的女子。不过细想起来，这也并不是突然的事；第一天我们来租房子的时候，我就见着这大姑娘的眼睛象一团火；我们上楼去，她即刻跟上来；我们决定租下房子，走下楼梯，我偶然回头一望，便见着她的面孔上隐隐有股喜意，眼睛似乎在热烈地期待着什么。我当时以为她是看上了你的皮带……”

“谁知道才是看中了你这一件长衫。……”

孙丘立突然插上一句，不禁一阵畅笑，笑声刚断，只见曹孝植又继续说道：

“我看倒不是纯粹看中了这件长衫，一半还是为的我们撒的那个大诳。当我们看好房子，房东太婆问起职业时，你不是说我在大学毕了业，准备到日本留学的么；‘留学’两字似乎特别有魅力，来后不久，我便听着楼梯上整天都是这位大小姐的脚步声，有时象一匹奔马直跑上天台，有时又走到亭子间来与老妈子谈东的谈西，后来简直就借故走进房内来了：一天她进来见着在报纸副刊上登载着我的名字，她便瞎扯她的什么亲戚的名字也是上过报的。那时我好奇地问她住过什么学校，她说她在北京的什么女子中学毕业。可是我晓得这一定是瞎诌，——北京就没有这末一个学校。……”

“那末以后就送来了这张条子?”望着还不曾到结论，孙丘立便追问一句。

“倒还没有这样快。”曹孝植一笑，又说下去，“一天我从外边回来，娘姨笑着说大小姐来要我的文凭看，不久她又说，大小姐托她来说，要我托人去向老太婆把她讨了一同到东洋去。当时我以为是娘姨说的笑话，谁知果然竟真有了今天的怪事。”

说完，曹孝植的身子象还在兴奋而微微发抖，于是他两步过去往床上一倒，吊在床沿上的两只腿子也不自然地前后摆动。这时孙丘立也禁不住再把那张条子拿过来细看，但从笔迹，从那一串的圈圈里看来，无论如何都不象是一个女子中学毕业生干的事。末了，他便将条子往棹上一搁，笑着说道：

“你莫笑这写得不好，其实这些圈圈比一首新的恋爱诗还来得有意思些。”

“我看那大概是从什么《婚谱作法》之类的书抄下来的罢，”曹孝植依然横躺在床上，只扭过半个身子来说。“她走进来一句话不说，只脸红红的把纸条打开给我看时，我真一时看不懂；待她又把金戒指拿出来时，我才勉强明白过来了。”

“那末，你打算怎样应付她呢？”

“我么？——我想只有另外搬一个地方住。”

孙丘立暂时无话。沉默了一刻，他想趁此把话告诉与曹孝植了。便将凳子往前移动一步，说道：

“孝植，我正想来与你商议退房子的，现在我们不搬也得要搬了。”

“怎么？是不是撤职书已经下来了？”

曹孝植弹簧似的坐了起来，一股惊疑从脸上掠过，使刚才的笑容，即刻敛住了。

“那倒还没有。不过在几天之内总会要来的。今天我走了好几处，连一个人都会不着了。”丘立冷静地说到这里一停，眼睛注视着曹孝植，但一见曹孝植并无话语，只站起来，背着手在房内团团打转，才又继续说道：“所以，孝植，我想你得决定个主意，看仍是回北边去读书，或者回家走一趟，我那里还可剩得一点钱，搭房舱的路费是够。至于我将来，则船头船尾都可趟起走的。”

“我想先到上海去再说罢。”曹孝植这才突然止步，一屁股坐到书棹前面，两手抱住头。向棹子上一靠，但不久又扬起面来，很沉痛地说道：

“回家去，太无谓；再回北方也不大愿。现在我倒想当真实现我们所撒的那个诳，——到日本读书去罢。我觉得中国这社会实在容纳我不下，也许是我自身的不彻底。所以我想趁这机会到外国去，看看别人又是怎样。……”

“那也可以的。问题总是在早些离开此地，而且顶好是比我先走，因为将来我究竟是怎样的一个走法，现在还难于预定。”

不久娘姨便摆上饭来了。于是两人边吃边谈，终于决定了先向房东退租，曹孝植遇着有船便到上海。

午后，太阳又似火球般悬在半空，街上的石板路晒得象镜子样的发亮。孙丘立心里一阵发急，便忙着要走，曹孝植也想到街上去望望，并顺便打听何时有船开。

两人走上后花楼时，沿途依然泛着不安的空气，靠近交通路那面，仿佛还涌挤着一大堆人。孙丘立急走上前去，看是否派有人维持秩序，可是刚到不几步，忽然见着一个队士拖着枪急跑过来，满喘着气，说道：

“报告队长！前面一个兵不听招呼，硬要搬东西。……”

听着这话，孙丘立双眼一楞，即刻向着所指处跑去，曹孝植也跟在后面，待刚到交通路口上，又只见一个分队长将出鞘的手枪插在腰上，同样满脸慌张的跑了过来，而一见孙丘立时，也即刻站住，说道：

“报告队长！前面有人在捣乱！……”

“在那里？”

“就在前头路上。”

“跟我来！”

孙丘立性急地将分队长腰间的手枪取过来一挥，就大踏步前进，后面跟着分队长和几个拖长枪的队士，自然也还有一大网看热闹的人。这意外的场面，使曹孝植心里禁不住突突发跳，不自觉地落后了一些。

一瞬间，前面的人，似乎在一家铺门前停住了。然而就在这时，只见几个拖着枪的队士，突然一齐散开，将枪口对准一处，街上人和车子象蚂蚁似的，四处急窜，使曹孝植本能地回头就跑；大约跑了几丈远路，便忽然忆起子弹是直飞的，才又一倒拐，躲到一条横巷中去了。

可是，意外地并没有枪声。曹孝植贴住墙壁，定了一会神，慢慢地伸出头来探看，只见街上的人们象一扇惊走了的苍蝇似的，早又三三五五的聚集起来，在这人群中，孙丘立提起手枪走在前面，后面分队长和几个队士押解着一个魁梧的兵和一挑担子，此外，似乎并无特别变动。

“是怎么一回事呀?”

知道事情已完，曹孝植才赶快凑过去这么问。同时，孙丘立一见着他，便也立即将手枪还给分队长，与他另走一旁，一面带着兴奋的口气回答道:

“是一个团长派的兵押了一大挑铜板和洋钱，硬要通过。现在金融这样的紊乱和紧张，都是这些人捣出来的鬼!”

“为什么刚才许多人都那样跑呢?”

“啊，那倒没有什么!”孙丘立知道刚才曹孝植一定也受了一番虚惊，微笑着说，“当我走上去时，那兵还仗着是团长的人，不肯服从，于是，不客气，我就拿着枪尖对准他的胸口。后面几个队士见我把手枪一扬，便一个散兵线散开，所以把大家都骇跑了。”

原来如此！曹孝植不觉暗暗惭愧刚才自己的无胆量。但他终于又问道:

“那末，现在打算把这个兵怎样办?”

“先押到队里，再解过总局。管他什么团长不团长!总之权力在我手上一天，我得一天对这些捣乱家伙不客气。至于总局怎样发落，我就管不着了。”说着，孙丘立一手揭下军帽，性急地从额角上揩了两把大汗，随又使劲往头上一戴，很悻然的自言自语道:“妈的，什么革命军！从前蒙头盖面的人，现在都把尾巴露出来了。”

两人边走边谈，不觉已快到了独安里口。这时，曹孝植忽然想起自己得趁早到河街一带去看船期，分手而去，这里，孙丘立便独走回队来。

回到队里，先在分队长室内将押回来的兵的那件事办理清楚，然后向自己的房间走去。可是刚上完楼梯，他见着房门竟是开着的，内面似乎还有人在响动；细下一看，原来是好久不见了的龙华。恰象刚要到警察分署去接任的时候一样：依然是那末一股不安的神气，依然是那末独自一人先来到自己的房内默默踱着，而且也依然搬了一口箱子来放在屋子当中。

“怎么，已经撤差了么？还是那么缩头缩脑的！”

孙丘立走进来将帽子往床头一扔，继续在楼板上踏出一阵皮鞋声，走到角落处去抓下湿手巾来一面揩脸一面问。但一见龙华迟疑着不言语，便又性急地走回屋当中夹着带嘲笑的神气，追问道：

“怎么；只有一只扁箱呢？未必撤了差还连被盖都失掉了么！”

“差倒还有几天的样子。”龙华这才坐下来微笑着说，但声音有几分带抖，笑也是寂寞而暗伏着怯意的笑。“不过我想先把这口箱子暂时借放在你这里。”

“吃！”丘立知道龙华又在胆小，“我这里又没有开保险公司，放在这里干什么?”

“真的，因为我那里部下太坏了，恐怕那些家伙乘这机会故意来一个玩笑。”龙华略将身子移动一下，眼睛几乎带着哀求的神气。

“真没出息！部下坏，怎么就会见得出你那箱子内藏得有金银宝贝呢?”

“那不见得。这两天就有两个巡长常常跑来谈东谈西，看那样子，显然是在探我的动静。”

“疑心见鬼！在这样的时候，谁不想谈谈天，知道点大家的情形。”

“但是假如你知道这些流氓平时是顶恨我们的话，你一定不会以为是简单的来谈天。不过万一你这里也不好放的话，我去另找地方也好。”

“傻瓜！搬已经搬来了，谁叫你再搬走不成!”

望着龙华的面孔快窘得发青，孙丘立这才一阵笑，承认了。本来，他也并不是有意；只是爱和龙华开玩笑的事，几乎成了他的一种习惯，——虽然他这样的笑谑与对曹孝植的恭敬同样出于朋友间的亲密。

但今天这样的笑谑也没有再继续的了。望着这位一同由南京到上海，一同考学校，一同到广州，一同进“黄埔”，一同来武汉，而今又快要一同开始流浪的朋友，使素称乐天的丘立也不能不发生些感慨。

“喂，龙华，”在打铃叫了茶之后。孙丘立重新改换了口气道，“万不料你这只箱子只搬去了几个月又原样地搬回了。记得么，那还不过是三月间的事呀！”

“岂独这箱子，连我们考上黄埔，也还象是昨天的事呢。”

“真的！这两年的时间真象在飞；原因是我们过活得太畅快了。”

“你想刚‘誓师’的时候大家是多么的高兴哟！谁知一场欢喜，竟是这样的结局。”

两人都暂时不作声，一同沉浸在过去的回忆中。约莫过了一刻，孙丘立才又慢慢地说：

“不过这也算不得什么；一件事有起头当然就有个结局，结了局只好重新又起。老龙，你晓得过去这一场欢喜也不是白得来的。你若不与书店老板闹架子，恐怕还在打包裹，开发票；我若不跳出叔父的家庭，恐怕也还在当跑街，买小菜呢。可是现在你是警察分署长，我也总算是一个小小的队长了。”

“升官发财了！”

龙华这才一扫了脸上的灰暗色，放声大笑了，但笑声立即被孙丘立压断：

“客什么气！官升了，我们可并没有发财。我问你：你这篋子内面装了几多钞票？”

龙华苦笑不答。随即吐了一口气，慢吞吞地说道：“真的，早知道有这一天，倒应当抓点钱来放起再说。当时下面有人来劝我包赌，包烟，我不承认，可惜现在已经来不及了。”

“你那里也是这样?”孙丘立不觉想起队副曾来要求包赌的事，暗自稀罕。

“还不是！就因为不曾允许这些家伙在外边乱来，所以才弄得受大家的恨，不然为什么把箱子搬到你这里来。”

“真是些不可救药的家伙”孙丘立也微微地叹了一口气，“我常想我们当时的理想是会师武汉，而‘令’了过后，竟被派到这样的机关来，做得不疼不痒的，就象等于修理烂机器。……不过我们总算还好，——尽了一番修理机器的责任；可惜的是曹孝植，那简直白白的跑一趟!”

“现在他打算怎样呢?”龙华关心地问。

“当然是彷徨得很。不过今天已决定了一有船便先到上海，以后说不定要到日本去。”

“真快；大家就这末又要分散了。记得最初在南京会合时，除了现在的人而外，还有施璜，大家也都努力，可是这一次施璜已经不见了，而孝植也成了这样的游离；将来大家万一还有见面的时候，不知会又变成怎样呢!”

孙丘立苦笑着不言语，只低着头在屋内走动。这时，外面太阳快要落土，一片残照射在窗对面的晒台上，屋内也跟着反映出一股模糊的黄光。在这黄光中踱了一会，孙丘立象感着不可忍耐而突然想起了什么似的，一下坐回床上来说道：

“喂，龙华，老谈过去也不是办法，至于将来怎样，谁也不能知道；所以我想趁大家都还未走时，我们不若聚集起来跟孝植饯一个行，借此快乐一次；将来大家如果还能更快乐地聚在一处，那么就算是我们的一个新的出发点，假如从此永不见面了，那也不失为我们的一个小小的纪念。……至于人，倒不必多，除了我们三个而外，我想只约约蓉姊和韦志成；老韦这人虽有点草苞气，但倒也不失一个直心直肠的人。”

“好的”龙华欣然承认了。“那就由我两个共同请客。”

“谁要你出钱呢！只要你来参加就行了。时间地点都由我去定，定好后再通知你们。”

两人谈话完毕，龙华随即分手走了。

这时窗对面晒台上的残照早已爬上了屋脊，在那儿画成苍黄的一线，然而再望第二眼时，便又早已溜了下去，只剩得一片灰色的薄暮的世界。

孙丘立轻叹一口气，倒上床去，想着明天过江去见蓉姊的事。

二 十

两三天后，后城马路的汉江楼内，先到了孙丘立曹孝植韦志成三人。餐馆中人客很少，他们占据着三楼上的一间临街的房间。

这时房内只有几盘水果寂寞地摆在棹上，天花板上一只电扇，无气力地在空中画着圆弧。孙丘立在这电扇下吹一阵风便间走出凉台上去探望，望了一回又转到房内来闲踱。韦志成靠在茶几侧边嗑瓜子，一面问着曹孝植明天何时上船，船票，行李等是否弄妥。可是曹孝植坐着不大说话，只带着焦灼的眼睛，无目的地望望东又望望西。似乎对傍边韦志成的问话，也颇嫌噜苏似的。

突然，楼梯上一阵响动，走进来的是龙华。额角上流着汗珠，圆圆的头上，直冒着白气，一见着孙，韦，曹，三人时。似乎自己真象来客一样，踟蹰得不知怎样打招呼，而在解了皮带，宽了衣服之后，便呆滞地坐了。

房内显然并不曾因他而增加了活气。

首先感着不耐的是韦志成。望着孙丘立再次走出凉台而又踱回来时，便突然站起来将瓜子壳往地板上一吹，问道：

“现在只等你的姊姊了，是不是？”

“是的。”孙丘立答着，顺便也伸手到茶几上抓了两颗瓜子，可是随即象想起了什么似的，掉身转来瞅住韦志成说：“本来一定出席的就只有这几个，可是今天也许有你意想不到的一个人要来。”

“是男的？还是女的呢？”韦志成即刻问道。

“徐若英！大概是同性恋已经厌了吧，那天我去邀蓉姊时，顺便也请了她同那位蜜斯周；蜜斯周当面推辞了，可是她居然说如果有空，一定陪着蓉姊来。老韦我看这正是你的好机会。”

“哈哈哈哈！”孙丘立刚一说完，韦志成便突然纵声狂笑，可是这笑声，依然是象从前在路上将徐若英的事告诉与丘立时的那样绝望，那样使人惊异，而在笑声一断，便又勉强止住流到嘴角边的瓜子浆，翘起扁长的下巴道：“算了吧！咱们大家都是要走的人，谁还高兴来闹这些玩意！不过今天有个把小姐来点缀一下也好；咱们丘八的生活素来就干燥，现在大家又快要走的走，散的散，若这最后的一次，聚餐都还吃得不痛快，那未免太那个了。”

“老韦，我看你尽可以不必走；将来的差，大概是撤不到你面前来的。”

这时龙华突然插进来老老实实的说。

“吃！莫这样瞧不起老韦。”韦志成略带颓废的脸突然转成愤怒，仿佛龙华的话，万分地伤了他的自尊心。“将来你们若见我老韦不走，尽管把我的名字倒起喊。你以为不撤差，我就没有生脚了么？老韦虽然不是怎样的革命家，但也有一股硬劲。哼，笑话！”

这一段意外正经的话，竟说得龙华脸红红的不好再问了。孙丘立则知道韦志成刚离开两湖书院时的那种牢骚又要发作，便急将话岔开，笑着说：

“好了，老韦，我拥护你刚才的意见：大家痛痛快快吃一餐，不准说起这些扫兴的事。书上常常说英雄失了意都离不开女人，我看你今天还是不要放过了这机会，免得再去寻勤务兵开心。”

“拿来当成勤务兵，逗着玩一玩是可以的；要去恋爱，老韦可没再有那附闲心肠。”

说着，韦志成带着鄙夷的神气狂笑了。

这时曹孝植沉默地坐在旁边，不大听三人的话。事实上。他今天知道蓉姊要来，而早就在感觉不安。自从到汉口后，他曾几次想过江去访问，都为他的怯懦心所阻，同时，当时参加工作——对事业的一缕的希望心和房东的一个奇怪女子的意外的纠缠，也勉强将他的对蓉姊的追求抑制住了。可是及到最近的一切过度的失望，使他的一缕不断的爱念心却又猛烈地抬头，而且他以为这次的创痛，只有一个蓉姊才足以为医治。但是可憎的性格！残酷的环境啊！可惜一切已经晚了，已经迟了，剩下的，只有今天最后的一面！……

曹孝植正萦回着无聊赖的心情，又象期待着什么似的。坐着，忽然楼梯上起了一阵轻巧的皮鞋声响，茶房引了两个女子进来，正是蓉姊和徐若英。这时大家一齐回首过去，只见蓉姊穿一件白色的印度绸旗袍，走进来向各人温和地点头，徐若英则照例穿着绛黄色的上衣和黑胡绉裙子，细眉细眼的紧跟在后面。继续着一阵椅凳响动和各人的招呼声，房内的沉郁的空气，这才象得着一股新风，立刻活泼起来：韦志成首先勇敢地走去与徐若英说着“今天怎么舍得出来”一类的打趣话，使对面脸颊发红，曹孝植站起来迎着蓉姊，象有很多话要说，然而结果只不自然的问了声好，便又坐下来了。

在这中间，两个茶房也正忙着摆席；四碟水果先撤到茶几上，台布一换，几大盘凉菜便占住了圆棹的中央，让乌骨筷，高脚杯之类守候在四周。不久，在孙丘立的一声“请坐”之下，大家便围过来拉了一张圆凳坐下。

跟着茶房便在每人面前斟了第一巡酒。

这时只见孙丘立的旁边坐的是蓉姊和徐若英，两人都规规矩矩的，口内嗑着瓜子响；徐若英下面正是韦志成，早先挟了两块凉拌肉到口里，伸出长下巴来大嚼；韦志成隔壁坐着曹孝植，他却很少动筷子，只时举起热灼的眼睛，望住正对面的蓉姊；曹孝植旁边坐着龙华，这也一面嗑着瓜子，一面眼睛在各人的脸上打转。

望着第一盘热菜很快的上席了，样子是虾仁炒鸡丁。韦志成摸住筷子想即刻动手。但这时孙丘立忙端起酒杯来止住：

"喂，老韦，莫老发挥你的'五皮'主义，大家一同干一杯后再说。"说着将杯子向众人面前一绕，大家也就各自端起酒杯，呷了一口，放还原处。然后才一起发动筷子，吃了起来。

第二盘是红烧海参。只有韦志成很饕餮，不断地转动着扁长的下巴，嚼得嘴角流油，一面还常常回头过去劝蜜斯徐不客气，说与丘八们一道吃饭，小姐客气是来不得的。徐若英的确也该劝，她轻轻地挟了一筷子后，不是要把嘴唇舐两舐，就要取出小手巾揩两下。至于孙丘立则象真主人似的，时时批评口味的好坏，说天津馆敌不过广东菜，一面又与龙华等追怀着从前由黄埔进广州时，一定要到半斋川菜馆去大吃"豆花"，说那时把

“豆花”吃完了还要涌进厨房去把“膏水”都喝尽，以显示黄埔生的“五皮”之一的大肚皮。

这样，菜一碗一盘的上，酒也一巡一回的喝下去。……望着大家的脸都有些热剌剌的，而杂乱的谈笑也愈渐生风起来。有时他们常拿徐若英来作中心：孙丘立说今天只有蜜斯徐是客，蓉姊则劝她与同住的蜜斯周带菜转去，于是韦志成乘兴说她与蜜斯周是同性恋，而话一转，则又说自己与徐是小同乡，要特别奉敬她一杯酒。……但除了这些戏谑的谈笑而外，有时也谈到正经事：龙华一面挟菜，一面兴奋地说自己前两天在街上见着有人发传单，待检来一看，原是某主任临行的宣言。韦志成说起许多人已经东下，孙丘立则很感慨地说想早些回广州去喝“双蒸酒”。

可是，这时蓉姊忽然注意到了曹孝植对于这一切的谈话似乎都不发生兴趣。而大家也象无意中忘去了他。她见孝植往往刚一动筷子，便又即刻放下，只是一对焦灼的眼睛，在胀着青筋的额角下面，忧郁地转动，而这眼睛偶一与自己的碰着时，便又突然地闪亮，似乎有很多委屈的话要说。蓉姊觉得这闪亮的眼光有些害怕，但对那焦灼彷徨的神气，也暗觉得有些可怜。

“蜜斯特曹明天就要上船了。应当多吃一点菜。”为着诱起曹考植也多参加谈话，在茶房送上一盘波罗蜜羹时，蓉姊便随便想出一句话来说。

“对了，我们得一齐来敬孝植一杯酒，祝他沿途平安。”这时孙丘立也忽然想起孝植好久没谈话了，便一面附和着蓉姊，一面邀着大家举起了酒杯。

但这时曹孝植突然站起来了。他象异常受了感动似的颤着声音道：

“感谢大家的好意！但说敬我，我实在不敢。第一大家都在努力，都在奋斗，现在虽说也快要走了，可是走也得有个目标。至于我，则惭愧得很！来既白来了一场，而走也是无所谓的白走，一切都很漂渺，一切都像幻影一样，所以倒是我应得先来敬大家一杯，祝大家今后的努力成功。”

“那算得什么，孝植；”丘立即刻说，“这一次不过来得时机不好罢了，将来需得你们有学问的人的时候正多呢。事实上今天除了老韦和蜜斯徐而外，我们都全赖着你的力量的；从前在南京的时候，若没有你的帮助和指导，我们决不会有今天的。”

“好了，大家别客气；我们就同时干两杯罢，”韦志成端起酒杯性急地说。“一杯作为与曹同志饯行，一杯就算我们大家喝个痛快。”

众人赞成了。于是一同站了起来。曹孝植在大家陪同之下，很感动的满地喝了两杯。

“其实孝植这次并不算白来。”坐下之后，孙丘立眼望大家，像要说出个什么来。“他刚到了汉口，便意外得着了一个女子热烈的恋爱，只可惜这女子太配不上了。”

“那好极了！咱老韦偏遇不着这样的好事。”韦志成象等着一样，即刻鼓噪起来。“我想曹同志与我们丘八不同，一定有许多恋爱故事的，现在就请讲一个出来，免得我们这场酒喝得不够兴。”

“可是恋爱孝植的这女子并不是那些穿军装的女同志，倒是一个十足的闺阁小姐。”丘立又说。

“那更有趣！我倒不想听那些今天闹追求，明天闹倒戈的女同志们干的烂调，倒想听一点有特殊风味的。”

“要有特殊风味的就请你讲你和勤务兵的恋爱好了。”

“好，我讲！”韦志成棹上一拍，顺手将坐凳往后一移，兴致益被挑动，“那我们率性每人都讲一个。但是话既从曹同志身上起，应得从曹同志处顺次讲下去，不讲的是狗！”

曹孝植脸红红的，不作声；但终于望了望蓉姊，说；这原是一件片面的事，所以说起来也没多大趣味；丘立既然晓得，那就请代讲好了。

“好的，我替他讲。”为着不致使曹孝植受窘，丘立即刻承认了。韦志成虽然一次反对，但为着要急于听故事，也就无异议。棹上先静了一刻。徐若英还未听就早红了脸。于是孙丘立这才有声有色的先说那房东女儿是怎样的穿的大长裤，怎样的梳着油松辫子，怎样的偷眼看曹孝植，怎样的想找孝植的文凭看……及至说到女子怎样的走进了房，又怎的拿出那一串圈圈的纸条及金戒指来求婚时，大家早已经是由嗤嗤之声转成了前弯后仰：韦志成笑得敞开扁嘴巴，几乎喷了一棹，徐若英笑得抬不起头，急取手巾出来拭眼泪，蓉姊则一面笑，一面用手巾蒙住嘴，又暗暗瞧住曹孝植，孙丘立这时也跟着笑得讲不出话，龙华的笑声，也特别比往常高。

“好了好了，”笑了一刻，韦志成才喧闹的站起来举起两手往下直按，“这回该龙华讲了。”

于是这才勉强止住笑，一齐望到龙华身上。原来龙华是喝一点酒便要上脸的，现在又加上害臊，所以双颊简直象关爹一样。

“我有是有一个，但也不是女同志的。”他说。

“快讲！谁要听狗屁女同志的。”老韦即刻在一旁催促。

“那还是我在南京书店里当小伙计时候的事。”龙华迟疑了一刻说，“那时常常有一个女学生到店里来买书，人生得真漂亮。后来我把她的学校和姓名也探出来了，想了几天，我终于在夜里偷偷的与她写了一封很长很长的信。但是这封信现在还搁在箱子内面，一直没有发出去。……"

"还有呢？"老韦性急地问。

"信都没发，还有什么。"

"哈哈哈哈……真没出息；"

众人正聚精会神的，听得起劲，殊知竟得这末这一个下文。然而大家却反为这个下文大笑了。笑声一完，老韦又提头嚷道；

"好，也算他怕死（pass）过去。这回是孙丘立了。"

但是孙丘立却推没有恋爱故事愿意喝三杯罚酒，而且说着就要端起杯子来预备喝。这可使得龙华，老韦两人忙起来反对，说不能够谁先破例。这样，于是两边开始一推一劝，闹得份外嘈杂起来，连茶房送上来的清炖鸡都没人理。后来，在正不可解交时，韦志成突然站起来人声嚷道：

"好了，你说你没有故事，我来为你指定一个；就讲你和蓉姊恋爱的故事罢，我看你们两姊妹的感情倒蛮好，讲出来一定很特别。……"

"瞎说八道！"

不料韦志成有这一来，孙丘立忍不住这末骂一句，蓉姊也羞得即刻掉开了脸。至于早就有些讨厌韦志成的喧闹的曹孝植，这时突然感觉一股异样的不快侵上身来，心窝突突地跳得直往外迸。但韦志成早又在旁边放声大叫了：

“怎么，未必你还有那种封建思想不成？我晓得你们并不是亲姊妹，在优生学上一点妨碍都没有的。我还晓得：像你们这样的姊妹，日本人还可公开结婚的。……”

望着韦志成带着酒意，愈讲愈不成话了，蓉姊终于乘间离席，走出了外面的凉台。这时太阳已经偏西，窗上的帆布篷远远遮出了台外。虽然热，但一股暖风拂去了刚才的酒馡气味，头脑倒反觉得一阵轻。凭着栏杆俯望下去，街上人很稀少，只有洋车夫在烈日下兜圈子，和间有一些灰布军人，忙碌地往来。

这末呆呆的站了一会，蓉姊忽然觉得背后似有声息，回头过来，原来正是曹孝植站在那里，脸上有些发青，样子依然很苦闷。

“密斯脱曹，你的船票，行李等都弄好了么？”蓉姊带着笑，温和地问。

“是的。”说着，曹孝植乘势走了出去，但忽然感到身体有些发抖，便也即刻将上半身靠上栏杆去。

“我看你象有些不好过，是不是酒喝多了？”

“没有什么。只是刚才一阵闹，弄得头有些发昏。”

两人暂时对站着无话。只听见房内还喧闹着韦志成的声音，似乎在说着密斯徐什么的。可是曹孝植显然没有听，踟蹰着弄手指。末了，忽然抬起感伤的眼睛望着蓉姊道：

“蓉姊，万不料我们能够在这样的地方会着，又万不料仅仅这末见了两面又要分散；这一别后，不知又能在什么地方见面了！”

“真的，以为大家在这边可以常常的见面了，谁知现在又都忙着要走了。……可是密斯特曹，这些时，你怎么不过江来玩玩呢？”

“我何常不想来，……”说着曹孝植便感觉心里一阵酸，真的象千头万绪，暂时不能继续下去。但蓉姊的亲爱的态度，显然给了他勇气，刚才感伤的眼睛，突然发出神经质的视线，颧颥一阵颤动，身子紧紧地贴住了栏杆，便冒险地说：

“但是，蓉姊，假如我常常来了的话，你会对我怎样？”

这异样的态度，果然使蓉姊一怔，黑大的眼睛，惊异地睁得份外大，这时曹孝植即刻又补充道：

“不懂我的意思么？——我是说：假如我常常来的话，蓉姊会不会拒绝我？”

“你怎样会忽然说起这话来呢？——我们这样熟的人。”蓉姊略为镇静一下，说。

"那末，告诉我：假如从前我不离开南京，而又常常到了你那里的话，你会怎样？"

"孝植，你不是真的吃醉了酒么？我不明白你为什么要问起这些。"

"不，"曹孝植抢前一步，眼睛倔强地钉住蓉姊，"我很清醒，我一定要知道这个。"

"但是那种已经过去了的事，你知道它有什么用呢？"

"我要知道的；我要知道：假如我不走，而且比施璜还更常来你那里，你会不会拒绝我。"

早就猜疑着的蓉姊，这才完全明了了曹孝植的意思，也完全明了了他从前为什么那末突然离开了南京。她想即刻退回房内，但她不忍；她想留在这里，但又有些怕。这种复杂而矛盾的心理夹攻着她，冲动着她，逼得她眼睛一阵红，几乎流出了眼泪。末了，她忍住发酸的心，很温和地转头过去，真象个姊姊似的说道：

"孝植，我觉得你不该在这些上面胡思乱想，你得再好好去读书，预备将来做点有用的事。你看丘立他们从前那样地流浪，现在不都在干着事了么？可是你呢，你现在却反流浪起来了。……"

"不，我一定要你告诉我。这是我这两年来天天都放在心上的事；假如我不明白这个，我会永远流浪下去，我会一事也作不成。……”

蓉姊轻轻地微笑一下。随即举起黑的湿润的眼睛，向曹孝植脸上钉了一眼，象在怒斥一个执拗的无出息的弟弟，终于低声说道：

“孩子气！自己不明不白的就离开了南京，现在反来缠住人问！……还不明白么？我问你：我曾几时说过拒绝你的话？但是我也得对你说，一切都已经过去了，一切都已迟了，我已经是值不得你那末胡思乱想的人。……你得好好的振起精神去读书。你是聪明的，有作为的，不要为了这些值不得的事弄坏了一生。我也知道你很苦闷；但你如果信我的话，世上是不少好女子等着你的。……懂得么？将来有好机会，我一定为你介绍一个。你如果听我话，能象丘立他们那样为社会干点事，我就感谢你不尽，定会领会你的心的……”

孝植埋住头静静地听着蓉姊的话，这时忽然一长串眼泪淌下胸来，使他即刻取出手帕，掉头过去蒙住面暗泣一阵。这哭泣又辛酸，又慰藉：他明白过去的失败了，这失败是完全由于自己无勇气，不彻底；但同时心里也来了一股新的生机，自己隐秘着的爱算是传达了蓉姊的心，而蓉姊也依然还能爱护自己。就听信蓉姊的话罢，从前是由于恋爱的失败而来了事业上的落伍，今后得由事业上的成功，以求恋爱的胜利。

他揩干了眼睛，想回头过来谢蓉姊，但蓉姊已经不在跟前了。这时他注意到房内还是韦志成的喧闹和大家的笑声。待他也踏了进去，只见韦志成一手端杯，一手拦住密斯徐，象一只鹰进攻小鸡似的，在强住劝酒，一面口水连天的说自己与勤务兵恋爱的故事都讲了，密斯徐竟不肯把自己的同性恋爱的经过公开，所以非喝三杯罚酒不可。可是密斯徐便连这罚酒也只肯喝一杯，推着再不能多吃；孙，龙两人站在一傍助笑，连两个茶房也暂时在门口笑嘻嘻的看着韦志成乘着酒兴在寻女人作乐。

棹上真已经杯盘狼藉。但粉蒸肉，红烧鱼，三鲜汤之类都受委屈似的，原样未动，原来还是两个茶房走来问大家吃粥饭时，蓉姊才去劝密斯徐硬喝了两杯才完事的。

好容易，一餐饭后，已经快是三四点钟。韦龙两人都各自散去，徐若英也说要即刻回武昌，所以一到了马路上，便只剩下孙丘立，曹孝植和蓉姊三人了。这时孙丘立似乎兴还未尽，说不若再到新市场去走一趟，蓉姊则暗忆着曹孝植的孤寂和苦闷，也想再陪着到江边街路树下之类的地方去纳纳凉。可是曹孝植则两处都无心去，他略为迟疑一下，终于毅然地掉头过去，在街上留着一个瘦长影子，先回家去了。

“现在真的向什么地方走呢？”在蓉姊还痴痴地望着

曹孝植的背影时，丘立在一傍问。

“随你罢，丘立，现是你到那里，我就到那里。”蓉姊回头过来，很温和的，但也很寂寞的回答。

“那末，今天我们索性过一天资本家的生活罢，刚才你说要到江边纳凉，那我们不若叫一部汽车去兜几个圈子的风：待太阳阴下，再到新市场去看看戏，回去。”

蓉姊点头说好。于是两人便到附近汽车行去叫了一辆无蓬车，坐到江汉关前，再叫车夫开足马力，向前直驶，这时只听得耳傍一阵风起，左边巍峨的洋房一排排往后飞退，右边成列的街树，一线线迎面穿来，使蓉姊眼睛一阵花，心里一阵紧，一手直抓住丘立的臂膀，一手又急按住被风吹乱了头发。这样奔驰了几分钟，汽车的速度才又慢慢的减小下来，但冷不防就在这时，蓉姊忽然觉得心里一慌，全身向丘立倾扑过去，待勉强坐直起来，车已经拐湾驶进一条街来了。街上行人很少，但路没有江边宽，车子缓行下来，蓉姊这才松了一口气。

不一刻，车已经绕了一周，回到江汉关前；可是这次蓉姊在狂奔的车箱中，再已感受不到惊异了。她只软绵绵地躺在褥垫上面，让温和的江风打着她的四肢，吻着她的肌肤，使心里感着一阵畅快，急想紧紧抱住一件东西。

“丘立，今天到了新市场恐怕不能再过江了。”待汽车又缓行下来时，她捏住丘立的手问。

“当然用不着过去了，横竖明天孝植走，索性送了行再回去罢。”

“那末今晚上在什么地方睡？”

“到旅馆去开一间房好了。”

“可是我一个人有些怕。”

“我陪阿姊就是。”

“不怕有人说话么？”

“爱闹的只有韦志成。但据他今天在席上说的话来，似乎已经感觉到了。”

“只有孝植似乎还什么都不晓得，……这人真可怜。”

蓉姊说到这里，不觉轻微地叹了一口气，但忽然车头一阵爆炸，车轮又开始飞滚，两人的话也就在此中断，只是两人的手握得紧紧的。

这样，汽车不断地兜着回旋，两人身上也逐渐感觉到凉意，而在天色快打乌的时候，他们便叫汽车直驶到新市场门口停了。

场口一股热气迎着他们。穿过收票处时，两个队里派来的守卫，已经恢复了故态，先是要理不理的，末了才勉强与丘立行个立正礼。旁边一个佩着扎上了红绿带子的木壳枪和子弹袋的小兵，见着丘立便想逃跑，但丘立已经认出是队里的小姑娘样的勤务兵秀实了。

“跑什么!”孙丘立先一声喝住，随即温和地说道:“玩就玩，何必把木壳枪也带了来?万一被伤兵抢去，看你怎办!”

秀实脸红红的俯首不语，后来，蓉姊见着这孩子可爱，才叫跟在后面，一同进各书场，戏园来游览。

场内游人并不少，但多系流氓，伤兵之类，而一见着女子时，则加劲地乱撞乱闯。蓉姊赖着背后秀实身上有枪，勉强止住发跳的心，听了大鼓，看了京戏，终于跟着丘立走进一个特别人多的戏场来了。待她看两傍柱头上的粉牌时，才知道演的是什么花鼓戏:台上大约是两个贫穷夫妻，女的因杨花水性，终于被另一富豪当场诱去幽会，而在将要幽会时，却尽量表演得有声有色，使全场人拍掌大笑，若醉若狂，蓉姊也看得耳烧面热，全身发软，终于挽着丘立退出来了。

约莫全场踱了一周，两人都已不想再游了。不特场场都是俗不可耐的把戏，而且到处都现出紊乱，慌张，和不安的气象。丘立望着蓉姊身上已经走出了汗，背心上隐隐湿了一小块，便提议先到餐厅上去喝点冰结淋或汽水之类然后回去。可是待他们靠着一张棹子坐下，侍者刚送上杯子时，只听得外面一阵喧闹声起，继续便是砰砰的枪声四面响来，顿时骇得蓉姊脸青面黑，呆呆地望住丘立，但幸好枪声一下便又停了。这时丘立出去一看，原来又是伤兵闹事，自己队里的兵在开枪弹压。

“快走罢，丘立，这里真是骇人！”

丘立回座时，蓉姊勉强拿住调匙，脸上还在发青。只有秀实这家伙象若无其事似的，正在埋头苦干。

不一刻，三人果然走出了后城马路。马路上行人稀少，两傍店铺，早已关得紧紧的了。于是孙丘立叫了三部洋车，拖到大同旅馆前，叫秀实先回队去，自己便陪着蓉姊走进了二层楼上的一个房间。

房内更闷热。茶房先打开窗子，又扭开电扇，走去之后，蓉姊便将衣襟扣子一松，敞开胸脯，让电扇霍霍地吹了一阵，然后回头过来，轻轻拉住丘立的手，说：

“你看，那枪声莫骇人，胸窝子现在还在跳。”

丘立果然顺势将手探上胸去只见蓉姊的丰满的左奶下面，果然份外跳动得厉害，但自己的手，也象受异样的刺激，不觉跟着打抖。

“蓉姊，今晚上你一个人在这里好不好？”

丘立取回手坐到床上去，忽然感觉一阵心烦，象有什么豫感似的，便老实的向蓉姊说。

“为什么呢，——你怕人说话？”不料丘立会忽然有这样的话，蓉姊偏着头问，黑眼睛也显出惊疑。

“倒不是怕人说，只是心里烦燥得很，恐怕今晚上队里要发生什么事。”

“横竖自己是要走的人，还管它什么呢？”

“唯其是这样，所以份外觉得不安。”

“还有事没办妥么？”

“什么都办妥了。但心里不知为什么突然不安起来。”

“那末，一定要回去？”

“我想回去一趟，明天一早便来。好么？”

蓉姊莫明所以的，低头不语。约莫沉思了一刻，才抬头说道：

“那也可以的；就明天早点来罢。”

于是孙丘立将解下的皮带重新挂上，又伸手拿着帽子，慢慢向门外踱去。……可是刚一到门前，他忽然听得蓉姊从后走来，将一股什么水倾到在他的头上，那水随即流到眉尖，顿时一阵香气刺进鼻内，待他急回头过来，只见蓉姊两眼含泪，手上拿住一个小香水瓶，痴痴地望住他。

“怎样哪，蓉姊？”丘立即回转房来问。

“没有什么。只是我的心也感着有些慌，好象你这一去就不会回来了一样。”

“那我就不去了，好么。我们永远在一起。”望着蓉姊的眼泪往下直淌，丘立便牵过双手来紧紧捏住。

“你万一有事，还是回去一下罢。”待两人同时坐到床沿上后，蓉姊便把头偎了过去。

“没有，真的什么事都没有，我们就在一道。”

“轻一点，丘立，你的皮带硬得很。……”

于是丘立又将带子和上衣松下来放在床头上。这时只见蓉姊揩干泪水，微笑着说：

“真的，丘立，现在我只有你。以后你到那里，我也到那里，你做什么，我也做什么。我们没有家乡，没有人管，我们永远一道走下去罢。”

约莫过了一刻，蓉姊便说身上发热，于是她站起来将旗袍脱掉。只有一件绸背心和短裤箍住身子，跟着两只丝袜子也脱掉了……

“丘立，今天韦志成说的话是真的么？……日本真有那样的事。”

蓉姊在丘立的耳朵上轻轻地问。丘立即刻回答她一个微笑……

次日起床时，辰光已经不早，两人都觉得身体有些疲倦。丘立坐在床上等蓉姊梳洗，预备出外过早，但就在这时，门上忽然起了一阵急迫的打门声，跟着，一个人慌张地开门进来，腋下似乎还挟了一包什么，两人在惊异中勉强认得是韦志成。

“你两个还在这里做梦！事情已经弄糟了，晓得么？……”

韦志成走进来满脸紧张，一只手掌压住嘴巴，弯着腰干说。

“真的发生了什么事情？……”

丘立瞠起眼睛，若信若疑地问。同时蓉姊也急凑过来，惊望住韦志成。

“龟子才诳你！我衣服都替你拿来了，你们赶快预备罢。”

“究竟是什么一回事呢？”

丘立接过衣衫，依旧呆然不知所措。于是韦志成这才机敏地向房门口打望一眼，即刻回首过来低着喉咙说道：

“幸好昨夜你没有回来；不然糟了！今早天还没有亮，突然有四五个人带着手枪走来，说要见队长。到队副出去说队长没有回来时，几个人便拿出公文，就是从卫戍司令部来的，据说有人密报了这边队长有图谋不轨嫌疑，所以要搜查一下。这样，几个家伙便一齐涌进你的房间来了。现在有几个已经回去，有几个还守在那里。……”

“可是我并没有反动的嫌疑呀！”听到这里，孙丘立不特惊异，而且有些忿恨。

“嘿，这事情奇特得很！”韦志成继续说道，“这里幸亏得队副这人还有点交情：在走了几个人之后，他便去探听出这是外边有人在和你捣鬼，说要你躲避一下。当时我问他这是什么人，他说就是前些时你抓来打过一顿的王金华……”

“王金华？……”孙丘立的惊异愈大，说时几乎跳了起来。

“是的，就是这个入了什么‘帮’的王金华，趁这混乱的时候，竟到那边的特务队去报告说你图谋倒乱。”

“那我可以不怕他。这显然是在报私仇，而且我房里并不曾有什么证据。”

“可是糟就糟在这点。几个人搜查了一阵，竟在龙华借放的箱子中拿了一包东西走了，你知道这是什么么？”

孙丘立脸色又变了，只突出眼球恨恨地望住地板。想着自己到汉口后唯一快事就是惩罚了王金华，然而现在毕竟又要归王金华这般人胜利了。

“龙华的箱子内面放了些什么呢？”望着丘立丧气无语，蓉姊也耽心着问。

“拿来时我并没有检查过。”

“所以我看你还是即刻换装，搭曹孝植的那只船走，横竖迟早都要走的。”韦志成这末催促着，随又望了蓉姊一眼说：“顶好蓉姊也一道走；想来王金华倒不过勾搭了几个下面的人在捣乱，不至到船上来查人，可是莫怪我又开你们的玩笑，你们若能装成两夫妇，则沿途也方便得多。”

“吊儿郎当！……但是一点准备都没有，而且两个人的船钱也不够，怎么能走呢？”

“你还舍不得你那点烂被窝么？”韦志成又性急地催道，“船要十二点才开；只要能把蓉姊的行李搬上船就够了。至于船钱不够也好设法！叫曹等下一只船再走罢，你们用他的票去，以后的事自有我担当，谁也不敢动我老韦的一根毫毛的。现在问题是在赶快，你们快去设法搬蓉姊的行李，我去叫老曹把票送到船上来。不过老孙要当心，谨防路上有人认得你。……”

说着，韦志成便催孙丘立换下军衣来包好，即刻慌张地向门外走去。可是刚一到门口，便又象忘了一件大事似的，回头过来说道：

“孙丘立，你说秀实那孩子可爱不可爱？……今早上是他睡在你的房内，可是他死人不肯说出你的地方，后来才偷偷地告诉我，说你在大同。不然，我怎能找得着你们！……”

韦志成终于又走出去后，丘立与蓉姊互相注视了一眼，只见蓉姊跟着轻轻地叹息道：

“事情真来得奇怪！幸好昨夜你没有回去。”

“是的，昨夜突然那末一阵心烦，果然竟发生了这件怪事。……不过，我的离开汉口也总算是别致；上一次是搭‘黄鱼’走的，走后两年便来了这一次的大北伐；这一次又是这样奇特地走了，不知后来又将起怎样的一个变化。……”

说着丘立便穿上了韦志成留下的长衫，两个人又隐隐地走出了旅馆。

这时，江汉关突然响出一阵铿锵的钟声，象是在表示欢迎。

一九三五，十，十七。

图书在版编目（CIP）数据

残碑 / 沈起予著. — 北京：中国国际广播出版社，
2013.1
（良友文学丛书）
ISBN 978-7-5078-3544-1

Ⅰ.①残… Ⅱ.①沈… Ⅲ.①长篇小说－中国－
现代 Ⅳ.①I246.5

中国版本图书馆CIP数据核字（2012）第266083号

残　碑

著　　者	沈起予
责任编辑	张娟平　聂福荣
版式设计	国广设计室
责任校对	徐秀英
出版发行	中国国际广播出版社（83139469　83139489[传真]）
社　　址	北京复兴门外大街2号（国家广电总局内）
	邮编：100866
网　　址	www.chirp.com.cn
经　　销	新华书店
印　　刷	环球印刷（北京）有限公司
开　　本	620×920　1/16
字　　数	138千字
印　　张	17
版　　次	2013 年 1 月　北京第一版
印　　次	2013 年 1 月　第一次印刷
书　　号	ISBN 978-7-5078-3544-1/I・391
定　　价	46.50元

CRI　欢迎关注本社新浪官方微博
中国国际广播出版社　官方网站 www.chirp.cn

人文阅读与收藏·良友文学丛书

(1)	鲁迅 编译	竖琴
(2)	何家槐 著	暧昧
(3)	巴金 著	雨
(4)	鲁迅 编译	一天的工作
(5)	张天翼 著	一年
(6)	篷子 著	剪影集
(7)	丁玲 著	母亲
(8)	老舍 著	离婚
(9)	施蛰存 著	善女人行品
(10)	沈从文 著	记丁玲
	沈从文 著	记丁玲续集
(11)	老舍 著	赶集
(12)	陈铨 著	革命的前一幕
(13)	张天翼 著	移行
(14)	郑振铎 著	欧行日记
(15)	靳以 著	虫蚀
(16)	茅盾 著	话匣子
(17)	巴金 著	电
(18)	侍桁 著	参差集
(19)	丰子恺 著	车箱社会
(20)	凌叔华 著	小哥儿俩
(21)	沈起予 著	残碑
(22)	巴金 著	雾
(23)	周作人 著	苦竹杂记 （暂缺）